Unsterbliche

Reutter-Vorträge

BAND I

*

BERGWALD-VERLAG · DARMSTADT

INHALTSVERZEICHNIS

In fünfzig Jahren ist alles vorbei

Original-Vortrag

Denk' stets, wenn dir etwas nicht gefällt:
„Es währt nichts ewig auf dieser Welt."
Der kleinste Ärger, die größte Qual,
sind nicht von Dauer, sie enden mal.
Drum sei dein Trost, was immer es sei:
„In fünfzig Jahren ist alles vorbei."

Und ist alles teuer, dann murre nicht,
und holt man die Steuer, dann knurre nicht.
Mißlingt dir auch alles, dann klage nicht,
und kriegst du den Dalles, verzage nicht –
nur der, der nichts hat, ist glücklich und frei
und in fünfzig Jahren ist alles vorbei.

Und ist auch ein anderer klüger als du,
dann sei nicht dämlich – und lach' dazu.
Was nützt sein Wissen – stirbt er vorher,
bist du am nächsten Tage klüger als der.
Wer da weiß, daß er nichts weiß, weiß vielerlei –
und in fünfzig Jahren ist alles vorbei.

Und geht zu 'nem andern dein Mägdelein,
dann schick' ihr noch's Reisegeld hinterdrein.
Und bist du traurig, denk' in der Pein:
„Wie traurig wird bald der andere sein."
Dem macht sie's wie dir – die bleibt nicht treu
und in fünfzig Jahren ist alles vorbei.

Und hast du frohen Besuch zu Gast
und freust dich, daß du ein Radio hast,
du holst die Sender der ganzen Welt,
doch keiner bringt das, was euch gefällt, –
dann blast auf dem Kamm die Lorelei,
in fünfzig Jahren ist alles vorbei.

Und stehst du nervös am Telefon
und du stehst und verstehst da nicht einen Ton,
oder bist beim Zahnarzt – wenn er dich greift,
und dich mit dem Zahn durch die Zimmer schleift,
und er zieht und er zieht und bricht alles entzwei –
in fünfzig Jahren ist alles vorbei.

Und platzt dir ein Knopf – am Hemd zumeist –
und hast du ein Schuhband, das stets zerreißt –
und hast 'ne Zigarre du, die nicht zieht,
und hast du ein Streichholz, das gar nicht glüht:
nimm noch 'ne Schachtel, nimm zwei oder drei,
in fünfzig Jahren ist alles vorbei.

Und fälscht man dir Schokolade und Tee,
und verspricht man dir echten Bohnenkaffee,
und du merkst, daß der Kaffee – wie schauderbar! –
eine bohnenlose Gemeinheit war,
dann schließ die Augen und sauf' den Brei –
in fünfzig Jahren ist alles vorbei.

Und fährst im Auto nach Haus du spät –
im besten Anzug – da streikt's und steht, –
du suchst im Schweiß deines Angesichts
was los ist, – kriechst drunter – und findest nichts,
stehst ratlos, verschmiert, die Hose entzwei, –
in fünfzig Jahren ist alles vorbei.

Und sitzt auf der Bahn du ganz eingezwängt,
und wird dir noch 'ne Frau auf den Schoß gedrängt,
und die hat noch 'ne Schachtel auf ihrem Schoß,
und du wirst die beiden Schachteln nicht los,
und die Füße werden dir schwer wie Blei:
in fünfzig Jahren ist alles vorbei.

Und führst 'nen Prozeß du – ertrag die Qual,
und hörst du 'ne Oper, sie endet mal –
und hast du Magenweh und mußt mal raus
und da ist schon jemand, dann harre aus.
Wie lange es auch dauert, der Platz wird frei,
in fünfzig Jahren ist alles vorbei.

Und bist du ein Mädchen von zwanzig Jahr'
und freist einen Mann, der schon fünfzig war,
und der kommt dann gähnend beim Hochzeitsschluß
und braucht 'ne Stunde zu einem Kuß,
dann dulde und denk: 's ist einerlei,
in fünfzig Jahren ist alles vorbei.

Und bist du ein Eh'mann und kommst nach Haus
halb drei in der Nacht – und sie schimpft dich aus,
dann schmeiß dich ins Bette und sag: „Verzeih',
wär' ich zu Haus geblieben, wärs auch bald drei."
Und kehr' ihr den Rücken und denk: „Nu schrei!
In fünfzig Jahren ist alles vorbei."

Und stehst du hier oben als Humorist,
obwohl dir zum Heulen zumute ist,
und du merkst, dein Vortrag gefällt nicht recht
und du selber findest die Verse schlecht,
sing' immer weiter die Litanei:
in fünfzig Jahren ist alles vorbei.

Und fürchte dich nie, ist der Tod auch nah,
je mehr du ihn fürchtest, um so eh'r ist er da.
Vorm Tod sich fürchten, hat keinen Zweck.
Man erlebt ihn ja nicht, – wenn er kommt, ist man weg.
Und schließlich kommen wir all' an die Reih'
und in fünfzig Jahren ist alles vorbei.

Drum: hast du noch Wein, dann trink ihn aus,
und hast du ein Mädel, dann bring's nach Haus
und freu dich hier unten im Erdenlicht.
Wie's unten ist, weißt du – wie's oben, nicht.
Nur einmal blüht im Jahre der Mai,
und in fünfzig Jahren ist alles vorbei – – –

du Rindvieh, dann ist es vorbei!

★

Der Blusenkauf

Original-Vortrag

Wenn Frau'n was kaufen, das geht flink.
Ich weiß, wie's meinem Freund erging.
Der, jung vermählt, wollt' in der Früh'
mal ins Büro, da sagte sie:
„Laß mich ein Stückchen mit dir gehn." – –
Dann bleibt sie vor 'nem Laden stehn.
„Dein Port'monnaie! – Bin gleich zurück,
es dauert nur 'nen Augenblick.
Bleib draußen", sprach Frau Suse.
„Ich kauf mir bloß 'ne Bluse."

Nun geht sie rein – „'nen Augenblick".
Ihr Mann, sehr heiter, bleibt zurück. – –
Er freut sich – 's Wetter ist sehr schön,
sieht Kinder, die zur Schule gehn – –
und sie sagt drinnen zur Mamsell:
„'ne blaue Bluse – aber schnell!"
Nun schleppt man alle blauen rein,
und nach 'ner Stunde sagt sie: „Nein,
ich finde keine nette,
ich möcht 'ne violette."

Nun packt man violette aus.
Ihr Mann, geduldig, steht vorm Haus,
denkt: „Ziemlich lange währt so'n Kauf",
geht auf und ab – und ab und auf – –
und sie sagt drinnen: „Das ist nett!
Wie kam ich nur auf violett?
Da fällt mir ein, Frau Doktor Schmidt
geht immer mit der Mode mit –
und die trägt jetzt 'ne gelbe.
Ach, geb'n Sie mir dieselbe."

Nun packt man alle gelben aus.
Ihr Mann wird hungrig vor dem Haus.
Der Mittag naht – die Sonne sticht,
die Kinder komm'n vom Unterricht. –
Und sie sucht drin und sagt alsdann:
„Was geht Frau Doktor Schmidt mich an?
Wie kam ich auf 'ne gelbe nur?
Es wird ja Frühling, die Natur
zeigt frohe Hoffnungsmiene,
ach, geb'n Sie mir 'ne grüne."

Nun packt man alle grünen aus.
Ihr Mann wird matt und seufzt vorm Haus:
„Gern kauft ich 'ne Zigarre mir,
doch's Port'monnaie, das ist bei ihr." – –
Und sie sagt drin: „Beim Sonnenschein,
da wird das Grün zu dunkel sein." –
Da schaut er rein. – „Mein Port'monnaie" –
sie sagt: „'nen Augenblick noch. Geh!
Ich bin ja gleich zur Stelle. –
Ach, geb'n Sie mir 'ne helle."

Nun packt man alle hellen aus.
Da gibt's ein Ungewitter drauß'.
Es regnet bis zum Abendrot.
Ihm fehlt ein Schirm und 's Abendbrot – –
und sie sagt drinnen zur Mamsell:
„So'n Wetter heut' – und dazu hell?
Und überhaupt, wir haben bald
April, da wird's oft naß und kalt,
da bin ich die Blamierte.
Ach, geb'n Sie 'ne karierte."

Nun packt man die karierten aus –
und er stöhnt, frei nach Goethe, drauß':
„Was ewig weiblich, zieht uns an.
Das Weib, das zieht sich ewig an." –

Und sie probt drin und sagt entsetzt:
„Was – Nummer vierundvierzig jetzt?
Nicht zweiundvierzig, schlank und schick?
Dann nichts Kariertes – das macht dick" –
ihr Blick zur Taille schweifte.
„Dann geb'n Sie 'ne gestreifte."

Nun packt man die gestreiften aus.
Ihr Mann, der wankt und röchelt drauß':
„Ein'n Augenblick!" Das war ihr Wort! –
Dann fällt er um – man trägt ihn fort. –
Da kommt sie mit 'ner roten raus.
„Hier bin ich schon!" ruft froh sie aus –
und schreit: „Mein Mann! Mein einz'ges Glück!
Gott, ist er tot? – Ein'n Augenblick!
Und in den Laden starrt se:
„Dann geb'n Sie mir 'ne schwarze."

Bevor du sterbst

Original-Vortrag

(Gesprochen): Im Kabarett und im Varieté – da bringt man jetzt beinah in jedem Couplet – dieselben Themen, dieselbe Idee – auch ich mach's nicht anders, wenn ich hier steh'. – Man singt von der Liebe, der Weiblichkeit – glossiert die Modelaunen der Zeit, – schimpft auf die andern, damit sie lachen – denn tadeln ist leichter als besser machen. – Man spottet über Pantoffelritter – beklagt den eigenen Dalles bitter – man singt von den Steuern in unserm Land – von andrer Länder Valutastand – man geißelt die Bosheit der Menschen sehr – man wundert sich über gar nichts mehr. Kurz, man singt stets nach demselben Schema – drum wähle ich jetzt mal ein anderes Thema – sing' nichts vom Leben, das bald verrinnt, und das an Ärger reich ist für jeden – nein, weil wir so fröhlich beisammen sind, da woll'n wir mal 'n bißchen vom – Sterben reden. Jawohl, vom Sterben – erschreckt Sie das sehr? Sie meinen, daß Thema paßt nicht hierher? Dann müssen wir's eben schmackhaft machen – der Tod soll nicht uns, wir woll'n ihn verlachen. Was ist denn das Leben? 'ne Urlaubszeit – genommen von der Ewigkeit. Ein Traum, etwas Freude und sehr viel Not – das Leben ist schon der Anfang vom Tod – denn sobald wir leben, komm'n wir ihm näh'r – also müssen wir denken: komm doch her! Ich gebe zwar zu, daß es uns nicht frommt, daß der Tod g'rad am Ende des Lebens kommt – man sieht ihm ständig entgegen mit Beben. Der Tod ist so'n schlechter Abschluß vom Leben. Es wäre viel schöner sicherlich: erst sterben – dann hätte man's hinter sich – und nachher leben, das wäre fein – ja, nun müssen wir denken: es kann nicht sein – wir können ihm nicht aus dem Wege geh'n – also muß man dem Feinde ins Auge seh'n. Dann kriegt er 'nen Schreck, wenn man ihn verlacht – denn er ist feige, drum kommt er meist bei Nacht. Gefällt uns das Leben denn heut' so sehr? Das Sterben ist leicht, das Leben schwer. Der Tod ist 'ne Brennessel, die uns sticht – aber packt man ihn fest an, dann sticht er nicht. Wenn er kommt, dann sage man freundschaftlich: „Da sind Sie ja, bitte setzen Sie sich." – Dann wird er verlegen und sagt beklommen: „Na, wenn ich störe, ich kann ja mal wiederkommen" – und dann geht er auf andere los wie Blücher – aber kommen tut er mal, das ist todsicher – und weil er kommt, da muß man beizeiten – sich auf sein Kommen gut vorbereiten. – Jetzt sind wir verschieden – arm und reich – aber wenn wir „verschieden" sind, sind wir gleich. – Drum, gibt es verschiedene Regeln fürs Leben – muß es auch eine Regel fürs Sterben geben. – Man muß allerdings wissen, wann es so weit – aber da kommen wir hin in kürzester Zeit. – Nun denke dir mal, liebes Publikum – du wüßtest, wann deine Tage um – die Regeln, die du jetzt von mir erbst, – befolge dann pünktlich, bevor du sterbst:

★

Gesang

Bevor du sterbst – schreib' selbst noch ohne Rasten
die Trauerbotschaft – steck' sie selber in'n Kasten
am Nachmittag – sie bleibt bis morgen liegen,
so wird die Nachricht jeder zeitig kriegen.
Es ist auch sich'rer, du schreibst die Adressen.
Wie leicht wird sonst vielleicht g'rad der vergessen,
den g'rad dein Tod ins höchste Glück versetzte;
mach' ihm die Freude, 's ist ja doch die letzte.

Bevor du sterbst, räum' noch hübsch auf für immer,
so aufgeräumt wie du sei auch dein Zimmer.
Stell's Telefon ab, brauchst ja nicht mehr zu reden,
stell' auf den Tisch die duftenden Reseden.
Schreib selbst die Grabschrift – kurz: „Es ist ein Fatum:
er starb in (folgt der Ort) am (folgt das Datum),
der Soundso – von allen nun Verwaisten
wird er betrauert, von sich selbst am meisten."

Bevor du sterbst und einziehst in die Fremde,
rasier dich noch und nimm ein reines Hemde.
Mußt dir 'ne saubere Krawatte drechseln,
du kannst nachher die Wäsche nicht mehr wechseln.
Leg' dich bequem, befreit von jedem Zwange,
du liegst in dieser Lage ziemlich lange.
Nimm 'n Kissen untern Kopf mit weißen Bündchen
und mit der Aufschrift: „Nur ein Viertelstündchen."

Bevor du sterbst, schau' nach dem Wärmemesser,
stell die Heizung ab, für dich ist Kälte besser.
Bestell' den Milchmann ab und auch den Bäcker,
zieh' deine Uhr auf, aber nicht den Wecker.
Und dann stirb pünktlich, Frauen woll'n zum Schneider,
sie können nicht trauern ohne Trauerkleider.
Ja, manche, die bestell'n schon vor dem Tode,
wenn du dann wartest, dann ist es aus der Mode.

Bevor du sterbst, wenn du in letzter Not bist,
ruf' nach dem Arzt, dann glaubt man's, daß du tot bist.
Der wird dir sag'n: dies tu' und das laß bleiben,
ein zweiter wird das Gegenteil verschreiben.
Und hilft dir auch der zweite nicht, dann wart'ste
und rufst vielleicht nach einem dritten Arzte.
Der kommt mit andern Mitteln, ganz aparten –
so gibt es eb'n verschiedene Todesarten.

Bevor du sterbst, kurz vor dem letzten Schlafen,
schau freundlich aus, grad' wie beim Fotografen.
Behalt' den Ausdruck, tu' als ob du lachtest,
man braucht nicht seh'n, daß du dir Kummer machtest.
Denk' an was Schönes: Sekt, Tanz, Kerzenschimmer!
Denk' an die Frau – jedoch, das hilft nicht immer.
Schau g e i s t r e i c h aus, das ist schwer nach dem Leben,
weil du dann meist den Geist schon aufgegeben.

Bevor du sterbst, mußt du was Großes reden,
die letzten Worte int'ressieren jeden.
„Mehr Licht!" sprach Goethe, das war klug und weise.
So was, das muß dir einfall'n vor der Reise.
Doch, 's muß dir v o r h e r einfall'n, unablässig,
wenn dir's erst n a c h h e r einfällt, dann ist's Essig.
Man darf nicht sag'n: „Ihm wurde schwach im Köppchen",
die letzten Worte war'n: „Wo ist das Töppchen?"

Bevor du sterbst, sorg' noch auf dieser Erden,
daß keine großen Red'n gehalten werden.
Laß keinen reden, der dafür bezahlt wird,
daß bloß mit deinen Tugenden geprahlt wird.
Ein guter Freund kann ein paar Worte sprechen,
dich schildern, wie du warst, m i t deinen Schwächen,
damit's nicht heißt: „Nicht einen Fehltritt tat er" –
und hinten schreit ein Kind nach seinem Vater.

Bevor du sterbst, da lieb' noch, denn du weißt es:
„O l i e b', solang du l i e b e n kannst", so heißt es,
doch fehlt die K r a f t dir, laß es, denn du weißt es,
„O lieb', solang du lieben k a n n s t", so heißt es.
Sterbst du im Lebensherbst, halt's mit dem Weine,
der Wein reift erst beim letzten Sonnenscheine.
Die Liebe blüht im Lenz, Wein reift im Herbste,
Drum trink', kannst du nicht lieben, und dann sterbste.

Bevor du sterbst, such' noch nach alten Bildern
und Briefen, die dein Liebesleben schildern.
Verbrenne jede einst von dir Erwählte,
die später dann als Jungfrau sich vermählte.
Vernichte die Erinn'rung deiner Triebe,
kein Feuer brennt so heiß, wie alte Liebe.
Sanft ruhe ihre Asche dann beisammen,
als letzter Rest von deinen alten „Flammen".

Bevor du sterbst, besuch noch die Bekannten,
die sich mit Recht einst deine Freunde nannten.
Sag' nicht, warum du kommst – beim Weitergehen
schau' sie nur an, sag' kurz: „Auf Wiedersehen." – –
Doch hat dich jemand schwer gekränkt mitunter,
mit letzter Kraft hau' dem noch eine runter.
Kriegst du Gefängnis dann von läng'rer Dauer,
schreib' kurz: „Ich kann nicht komm'n, ich hab Trauer."

Bevor du sterbst, mußt du dir Antwort geben:
war dieses Leben wert, es zu erleben?
War's nicht ein Tasten, Hasten, kraß und flüchtig?
Was heute wichtig, scheint dir dann sehr nichtig.
Wird eine Träne dann um dich vergossen,
die schätzt du mehr als alle Börsen-Haussen,
doch von den meisten Menschen und den Dingen
denkst du dann bloß wie Götz von Berlichingen.

Bevor du sterbst – du weißt ja die Sekunde –
gib alles aus, g'rad bis zur letzten Stunde.
Bloß Steuern zahl' im voraus auf zehn Jahre,
sonst hast du keine Ruhe auf der Bahre.
Und kauf 'nen Sarg – du kannst nach Maß ihn kriegen,
nimm ihn bequem, du mußt' sehr lang' drin liegen.
Doch warst du starker Alkohol-Vertilger,
laß dich verbrennen – denn dann hast du's bill'ger.

Bevor du sterbst, da kannst du die bedenken,
die dich geliebt, die kannst du reich beschenken.
Doch, 's gibt Verwandte, die aufs Ende lauern,
wenn die was erben, können sie nicht trauern.
Die gehn vom Grab direkt zum Weinlokale,
dort weint man nicht, man lacht beim Weinpokale.
Sie trinken auf dein Wohl beim Saft der Reben;
erst wenn du tot bist, lassen sie dich leben.

Drum, eh' du sterbst, mußt du noch einmal lachen,
nicht denen, dir mußt du 'ne Freude machen.
Ruf' diese Bande – komm'n sie dann in Masse
und könn'n nicht wein'n, zeig' ihn'n die leere Kasse.
Wenn sie die sehn, dann kränken sie sich tüchtig,
dann werd'n sie traurig, und dann wein'n sie richtig.
Und wenn sie wein'n, zeig' ihnen deine Lende,
und lach' dich tot – das ist das schönste Ende.

★

Der Überzieher

Eine traurige Geschichte

Kennen Sie denn die Geschichte
von dem Überzieher schon,
den sich kaufte der Herr Fichte
bei der Firma Stief und Sohn?
Dieser Paletot war'n Prachtstück,
und der Preis war gar nicht stark;
neunundvierzig Mark und achtzig.
Nicht mal ganze fünfzig Mark.
Der Herr Stief sprach: „Sei'n Sie froh!
's ist mein schönster Paletot.
Geb'n Sie acht – auf die Pracht!
's wird gestohl'n bei Tag und Nacht.
Sind Sie mal – im Lokal,
häng'n Sie 'n vor sich auf im Saal.
Schau'n Sie 'n dann – immer an,
bleibt der Überzieher dran.
Seh'n Sie weg – von dem Fleck,
ist der Überzieher weg!"

Fichte ging ins Wirtshaus leider.
Dort war'n Zettel angebracht:
"'s gibt kein'n Raum für Überkleider,
jeder Gast geb' selber acht!"
Einen Haken fand Herr Fichte
hinten nur – 's war ärgerlich,
darum dreht er sein Gesichte,
hängt den Mantel hinter sich –
und nun saß er wie gebannt,
schaute immer nach der Wand.
„Ist er weg – ist er hier?
Ja, da hängt der Überzieh'r.
Ist er hier? Ist er weg?

Nein, er hängt noch auf dem Fleck.
Schau' ich hier – hinter mir,
hab' ich meinen Überzieh'r.
Seh' ich weg– von dem Fleck,
ist der Überzieher weg!"

Fichte rief nun: „Kellner, Essen!"
Der bracht's Essen ihm und ging.
Nun hat Fichte nicht vergessen,
daß der Mantel hinten hing,
denn ihm schien – das war gefährlich –
als ob alle Gäste hier
schauten gierig und begehrlich
nur nach seinem Überzieh'r.
Darum kam's, daß, als er aß,
er den Mantel nicht vergaß.
Essen hier – da das Bier,
und da hängt der Überzieh'r.
Oben kau'n – hier verdau'n –
und dabei nach hinten schau'n.
Schau ich stier – hinter mir,
schmeckt kein Essen und kein Bier,
seh' ich weg – von dem Fleck,
ist der Überzieher weg!"

Nun mag sein: durch die Bewegung,
durch das Drehen beim Souper,
kam sein Korpus in Erregung,
und er kriegte Magenweh.
„Gut", sagt er, „das geht vorüber",
wollt' zu der bewußten Tür,
die ihm g'rade gegenüber. –
„Halt!" denkt er, „der Überzieh'r!"
Setzt sich wieder hin ganz sacht
und hat kummervoll gedacht:

Wenn zur Tür – ich marschier'
nimmt man mir den Überzieh'r.
In der Eck' – im Versteck
geh'n die Magenschmerzen weg.
Bleib ich hier – im Revier,
bleib'n die Magenschmerzen mir.
Geh' ich weg von dem Fleck,
ist der Überzieher weg!"

Ja, da gibt es nichts zu lachen,
gab es so etwas wohl früh'r?
Mußt man sich da Sorgen machen
wegen einem Überzieh'r?
Stundenlang konnt' man da sitzen
hinter der bewußten Tür
und braucht' keine Angst zu schwitzen
wegen seinem Überzieh'r.
Man ging raus, das ist doch klar,
wenn Gefahr „im Anzug" war.
Man saß froh – anderswo –
und da hing der Paletot.
Kam zur Tür – man herfür,
sah man seinen Überzieh'r.
Spürt man heut' – inn'res Leid,
denkt man erst ans Überkleid.
Geht man weg – von dem Fleck
ist der Überzieher weg.

So dacht' Fichte – und blieb sitzen.
Aber schließlich mußt' er raus.
Plötzlich sprach er: „Das wird nützen:
tritts jetzt mit dem Mantel aus!
Brauchst ihn ja nicht anzuziehen,
das erschüttert dich zu sehr.
Nimmst ihn über'n Arm beim Fliehen
und kommst nachher wieder her."

Er stand auf und – setzt sich hin;
alles fuhr ihm durch den Sinn:
„Essen, Bier – krieg' ich hier,
hab' noch nicht bezahlt dafür.
Magenschmerz – drückt mein Herz
und der Kellner anderwärts.
Wart' ich prompt – bis er kommt,
weiß ich nicht, ob mir das frommt.
Geh' ich weg – von dem Fleck
ist der Überzieher weg.

Nehm' ich mir – 'n Überzieh'r
übern Arm, schaut man nach mir,
denn der Raum, der mein Traum,
ist zwei Schritt vom Ausgang kaum.
Steh' ich auf – und ich lauf'
mit dem Rock – hält man mich auf!
‚Nicht vom Fleck – Der will keck
mit 'nem Überzieher weg.'
Alles schwirrt, kracht und klirrt,
bis der Wirt gerufen wird.
Schließlich irrt – auch der Wirt,
schimpft mit mir und wird verwirrt.
's kommt ein Gast – und der faßt
meinen Mantel voller Hast
und ruft keck: ‚Dieser Geck
nahm mir'n Überzieher weg!' –

Will ich dann – zu dem ran,
kommt der Kellner hinten an:
‚Bleib'n Sie hier – Nicht zur Tür!
Zahl'n Sie erst die Zeche mir!'
Bis ich zahl' – voller Qual,
ist der raus aus dem Lokal,
ich am Fleck – ohne Zweck –
und der Überzieher weg.

Bis ich näh'r das erklär',
dazu drängt die Zeit zu sehr.
Das Malheur – kommt vorher –
hab' den Gang nicht nötig mehr. –
Wie ich's mach', – 's gibt 'nen Krach,
da hilft gar kein Weh und Ach!
Hab' den Schreck – und den Dreck, –
und den Überzieher weg!"

★

Anmerkung: Die fünfte Strophe („Ja, da gibt es nichts zu lachen") kann, der strafferen Wirkung wegen, beim Vortrag in Wegfall kommen.

Eine Stunde vor der Hochzeit

Original-Soloszene

(Auf der Bühne steht ein Tisch [wenn möglich, ein Schreibtisch] mit einer Kassette, in der sich die für den Vortrag erforderlichen Requisiten befinden. Neben dem Tisch ein Kamin, in welchen die Gegenstände aus der Kassette hineingetan werden können. Der Vortragende ist hochzeitsmäßig feierlich gekleidet.)

Auftrittslied

In einer Stunde – geh ich zum Ehebund,
In einer Stunde – schlägt meine letzte Stund'.
In einer Stunde – kommt die Marie – ich nehme sie –
schön ist sie nicht, doch die Marie, die hat „Marie".

Die letzte Stunde gilt der Vergangenheit –
sie gibt mir Kunde – von manch geliebter Maid.
In dieses Kästchen – will ich zum letzten Male schau'n,
es birgt Erinn'rung an all die süßen Frau'n. –
Und dann mit euch ins Feuer miteinand' –
kommt dann die Alte, seid ihr „durchgebrannt".

★

Couplet

(Der Vortragende nimmt nun die durch Nummern angedeuteten Requisiten aus der Kassette und legt sie in den Kamin. Das Requisitenverzeichnis siehe am Schluß.)

Dies Zöpfchen (1) schnitt ich ab einst von Mathilde,
die dann mit Bubikopf bei mir gehockt,
dies Löckchen gab frohlockend mir die Hilde (2),
mit dieser Locke hat sie mich gelockt.

Die letzte Zigarette (3) von Irene,
dann ging sie aus – sie (auf die Zigarette zeigend) auch –
mir blieb der Rauch.
Die letzte Rose (4) schickte mir die Lene
(auf die Rose zeigend)
sie ist verduftet – und die Lene auch.

Hier ein Gedicht (5) von Emmi – schlecht zu lesen –
sie selbst war ein Gedicht, die süße Maus!
Die Lampe (6) für mein'n Nachttisch von Theresen –
sobald sie kam, löscht' sie die Lampe aus.
Dies Autopüppchen (7) nahm ich früher immer,
von Alma stammt's – wo mag das Auto sein?
Von Betty 'ne Figur (8) fürs Herrenzimmer,
da paßt sehr gut so'n Frauenzimmer rein.

Von Adelheid (9), sie war 'ne Baronesse –
ihr stolzes Wappen stickte sie voll Freud' –
heut' ist sie arm. 's hat niemand mehr Int'resse,
was nützt der Adelheid der Adel heut?
Dies Kissen (10) gab Sophie, das süße Kindchen –
„Nur 'n Viertelstündchen" ruhten wir geschwind,
und war's mal länger als ein Viertelstündchen,
dann sprach sie: „Kissen ist ja keine Sünd'."

Den Schleier (11) konnt' beim Abschiedskuß ich fassen
von Melanie – er ward zum Trauerflor –
den Handschuh (12) hat einst Hannchen dagelassen,
die Hand gab sie 'nem andern – das kommt vor.
Von Ursula ein altes Angedenken (13) –
's war 'ne Krawatte drin, die längst passé –
doch heut' noch muß an Ursula ich denken,
wenn ich voll Weh die alte Schachtel seh'.

Martha war häuslich – nähte, wusch und kochte –
hier ihr Menü (14), sie selbst war das Dessert –
und als sie nicht mehr kochte, was ich mochte,
da wußte ich, sie mochte mich nicht mehr.
Bertha war immer strickend zu erblicken –
„Ich bleibe ewig", sprach sie liebesfroh –
drei Dutzend Socken wollte sie mir stricken –
so weit kam sie (15), jetzt strickt sie anderswo.

Hier ist ein Spitzentüchlein (16) vom Luischen –
(zeigt das zusammengefaltete Tüchlein)
war sie erregt, biß sie hinein voll Kraft –
bei jedem Küßchen biß sie ab ein bißchen –
(das Tüchlein auseinanderfaltend)
hier ist der Rest von ihrer Leidenschaft.
Aus diesem Glas (17) hat Ruth sich Mut getrunken,
vor jedem Kuß, da trank sie auf mein Wohl.
Nun ist sie alt, die Liebe ist versunken –
und aus der Flasche säuft sie'n Alkohol.

Hier war'n Pralin'n (18), die Laura mir spendierte,
als ich einst, heiser, sie erhitzt umfing –
als später Inge ich damit kurierte,
ernannte Inge mich zum „Doktor-Ing." –
Schön-Ännchen sah ich oftmals zu mir wandern,
einst hat's geklopft – ihr Mann! – sie lief entsetzt –
ließ Hut (19) und Schirm (20) bei mir – floh zu 'nem
und der behütet und beschirmt sie jetzt. [andern –

Frieda war 'ne Geschied'ne – nie zufrieden –
schrieb Abschied bald (21), ging neu ins Ehejoch –
schon viermal ist sie jetzt dahin-„geschieden"
und trotzdem lebt sie – mit 'nem Fünften – noch.
Klein-Elschen war sehr jung, ich war sehr bange –
gab mir 'n Geburtsschein (22), daß ich's Alter kenn' –
war noch nicht mündig – sie blieb ziemlich lange –
und als sie fortging, war sie majorenn.

Die Trude war vergeßlich – 's klingt vermessen –
vergaß selbst dies (23) und das (24), 's ist sonderbar –
und eines Tages hat sie sich selbst vergessen –
sie kam erst zu sich, als sie von mir war.
Die Paula schminkte Wangen, Ohren, Lippen,
ihr Antlitz war ganz bunt von dem Geschmier, –
dies Tuch (25) durft' ich mal aufs Gesicht ihr tippen,
da hatte ich ein schönes Bild von ihr.

Dies Tagebuch (26) hab' Ellen ich genommen –
darin notiert' sie ihre Freunde sich. (Darin blätternd:)
Bis fünfundsiebzig ist sie nur gekommen –
dann ließ sie ihr Gedächtnis wohl im Stich.
Elfriede schickte Bücher, 'ne Geschichte
von Breibtreu (27) erst – „Bleib' treu" stand auf dem Buch,
zum Abschied schickte sie mir dann Gedichte
von Wildenbruch (28), das hieß, sie will den Bruch.

Den Strumpf ließ Olly einst am Strande liegen –
ach, in den Strumpf kam einst ihr Bein hinein –
und dieses Bein war mir zu Kopf gestiegen –
und ich verlor den Kopf dann durch das Bein.
Hier 'n Höschen (30), da ist Röschen drin gesessen,
sie war sehr leicht erregt, ist mir noch klar,
und ich, ich ward erregter noch indessen,
wenn Röschen so ganz aus dem H-äuschen war.

Und nun die Bilder (31), all die alten Flammen –
von mir vereint – (legt das Bündel in den Kamin)
nun geh'n sie ihren Lauf (zündet anscheinend Feuer an)
sanft ruhe eure Asche nun
beisammen, ihr alten Flammen – geht in Flammen auf!
Lebt ewig wohl – (nach hinten zeigend)
Die Alte rückt heran –
und ich – ein Freiersmann, jedoch kein freier,
zum letztenmal geht ihr für mich durchs Feuer –
ich lege meiner Hand die Fessel an.
(Holt einen Trauring aus der Westentasche und steckt ihn an.)

Schlußgesang:

Auf in den Kampf – jetzt küß ich die Marie
und fehlt ihr auch das Feuer
die „Asche", die hat sie.

(Marschiert nach den Klängen des Nachspiels ab. Es erhöht die Wirkung sehr, wenn nun der Vortragende seine festlich gekleidete und komisch wirkende „Alte" am Arm, nochmals erscheint, um sich zusammen mit ihr dankend zu verbeugen.)

★

Requisiten-Verzeichnis: 1. schwarzes Zöpfchen, 2. blonde Locke, 3. halbaufgerauchte Zigarette, 4. welke Rose, 5. großer rosa Briefbogen mit schlecht geschriebenem, verkleckstem Gedicht. Oben ist deutlich zu lesen: „An Dich", unten steht: „Deine Emmi." 6. kleine Nachttischlampe, 7. Autopuppe (Micki-Maus oder dergleichen), 8. kleine Figur, antike, nackte Frau darstellend, 9. Brieftasche mit gesticktem Monogramm (Krone und Wappen), 10. Kissen mit Aufschrift: „Nur ein Viertelstündchen", 11. kleiner, schwarzer Schleier, 12. Damenhandschuh, 13. kleine, alte Krawattenschachtel, 14. Kochbuch, 15. eine halbfertig gestrickte Socke, mit noch darin befindlichen Stricknadeln und Garnknäuel, 16. Rest eines Spitzentüchleins (man sieht beim Auseinanderfalten deutlich die Spuren der Bisse), 17. Likörglas, 18. Pralinenschachtel mit einer letzten Praline, 19. Damenhut, 20. Damenschirm, 21. Brief, mit schwarzer Schnur umwickelt, 22. Geburtsschein, 23. Damenbluse, 24. Büstenhalter, 25. weißes Tuch, auf welchem sich anscheinend das geschminkte Gesicht – bunt und grotesk – abgezeichnet hat, 26. Tagebuch, 27. Buch mit Aufschrift „Bleibtreu", 28. hübsches Buch mit Goldschnitt, Aufschrift „Wildenbruch", 29. Damenstrumpf, 30. Damenschlüpfer, 31. ein mit rosa Bändchen und Schleife schön verschnürtes Bündel alter Damenfotografien.

★

Väterliche Ermahnungen vor der Hochzeit des Sohnes

Original-Vortrag

Anmerkung: Vor Beginn des Vortrages wird ein Stuhl auf die Bühne gestellt. Der Vortragende tritt als ältlicher Mann auf und hält vor Beginn des Couplets mit ernster Stimme folgende Anrede:

„Meine Damen und Herren! Ein entsetzliches Unglück wird demnächst geschehen. Mein Sohn will heiraten! Aber vor dieser Katastrophe will ich noch einmal meine warnende Stimme erheben und ihm einige gute Ratschläge mit auf den Weg geben. Denken Sie sich also, verehrte Anwesende, dieser Stuhl wäre mein heiratslustiger Sohn, und ich bin der tiefbetrübte Vater."

★

(Der Vortragende singt nun, die Blicke zum Stuhl gewandt, das folgende Couplet:)

Seitdem du tratest in das Leben ein,
da tratest du, mein Sohn, in manches rein.
Jetzt hast du – das find' ich sehr riskant –
hineinzutreten in den Ehestand –
drum nimm, mein Sohn, noch ein'ge Lehren mit,
bevor du tust den folgenschweren Schritt. .

Sei nicht zu schnell, wenn eine dir gefällt.
Bedenk', es gibt viel Mädchen auf der Welt.
Nimm nicht das erste beste Mägdelein –
die erste wird nicht stets die beste sein.
Triffst du 'ne zweite, die dir besser paßt,
dann tut's dir leid, daß du die erste hast.

Der Schwiegervater kommt nicht in Betracht.
Doch auf die Mutter deiner Braut gib acht.
Sagt diese Mutter voller Stolz zu dir:
„Auch ich sah aus wie meine Tochter hier",
oh, dann betracht' die Mutter dir genau,
denn wie die Mutter wird auch deine Frau.

Sei treu und brav, sobald du dich verlobt,
bezähme dich, wenn's junge Herz auch tobt –
und wenn dir auch 'ne andre sehr gefällt,
denk' stets an deine Braut – und an ihr Geld.
Sei, während du verlobt, ein braver Mann – –
und nach der Hochzeit fängste wieder an.

Ist auch zehn Jahre älter sie als du –
wenn sie dir sonst gefällt, dann greife zu.
Schon nach fünf Jahren sagt sie jederzeit,
daß beide ihr in gleichem Alter seid.
Und kommen weitere fünf Jahr' hinzu,
dann ist zehn Jahre jünger sie als du.

Bist du mal untreu, da ist nichts dabei –
doch merkt's die Frau, dann ist's ne Schufterei.
Gefällt zum Beispiel dir die Stubenmaid,
dann suche mit dem Mädchen täglich Streit.
Hört deine Frau, daß du stets räsonierst,
dann merkt sie nicht, daß du mit ihr poussierst.

Sei nett zu ihr – doch stets mit Maß und Ziel –
und – laß dir raten – schenk' ihr nicht zuviel –
sie wird nicht dankbar sein – verlaß dich drauf –
im Gegenteil, dein Wohltun fällt ihr auf.
„Wer weiß", sagt sie, von Zweifeln jäh erfaßt,
„was du jetzt wieder ausgefressen hast."

Ist sie mit einem andern sehr intim,
dann brause niemals auf – nein, schenk' sie ihm –
laß beide laufen – ruf' sie nicht zurück –
und stör' den andern nicht in seinem „Glück" –
und bist du traurig, denk' in deiner Pein:
wie traurig mag nun erst der andre sein!

Doch hast dein Weibchen du von Herzen gern,
dann halt' es stets von andern Männern fern,
damit du nie, kommt einst der Storch zu dir,
dich fragen mußt: Ist das ein Stück von mir?
Bedenke stets, wie herrlich schön es ist,
wenn du verwandt mit deinem Kinde bist.

Vor allen Dingen merk' dir eines klar:
Nimm nie 'ne Frau, die schon verheirat't war.
Mag auch der erste schlecht gewesen sein –
sobald er tot ist, kommt der Heil'genschein.
Er ist's, der wie ein Engel sie umschwebt –
der zweite ist ein Ochs, solang' er lebt.

Als ich die Mutter freite
da war ich auch der zweite.

(Geht traurig ab.)

Anmerkung: An Stelle des leeren Stuhles kann der Vortragende die Coupletstrophen auch an einen jungen Mann (seinen Sohn) richten. Die Vorrede wird dann demgemäß umgeändert.

*

Wie du mir, so ich dir

(Neues Strafgesetzbuch)

Wer verknackt wird, muß heut' sitzen,
doch bei Sünden eig'ner Art,
da kann Schema F nichts nützen,
und die Strafen sind zu zart.
Drum wird 'ne Reform verkündigt:
„Gleich mit Gleich vergelten wir –
in der Weise, wie man sündigt,
wird man auch bestraft dafür."

Kurpfuscher gibt's, die nichts taugen,
jede Krankheit – leicht und stark –
Rippenbrüche, Hühneraugen
heilt so'n Kerl mit Käsequark.
Drum, damit auch er genese,
kriegt auch er in einer Tour
jede Mahlzeit weißen Käse,
ja, so macht man ihm die Kur.

Weinhändler, die Weine „taufen",
nehmen Wasser zu dem Zweck.
Kerl, das Zeug darf keiner saufen –
sauf' zur Strafe selbst den Dreck.
's Wasser muß im Mund dir laufen,
wenn du Wein zu trinken scheinst, –
für dein'n „Wein mit Wasser taufen"
saufst du Wasser, bist du weinst.

Stehlen ist zwar streng verboten,
doch manch Komponiste hier
stiehlt trotzdem Musik nach Noten
und sagt dann: „Die ist von mir."

Soll der richtig Strafe fühlen,
muß so 'n falscher Komponist
die Musik so lange spielen,
bis er weiß, von wem sie ist.

's Radio steht uns zu Gebote,
doch nicht immer klingt es schön –
manchmal hält so'n Radiote
Reden, die wir nicht verstehn.
Den müßt man gleich fassen können
und, sobald er Unsinn spricht,
kriegt er eins an die „Antennen",
bis er 'n Vortrag unterbricht.

Wer beim Steuer-Deklarieren
manches Geld verschwiegen dort –
den braucht man nicht arretieren,
den nimmt man nur streng beim Wort.
Das, was er nicht angegeben,
das Geld nimmt man ihm ganz glatt –
soll er von der Summe leben,
die er angegeben hat.

Lügner müßten Straf' erfahren,
manche Frau belügt den Herrn,
nennt ihr Alter nicht seit Jahren,
doch Geburtstag hat sie gern.
's gibt Geschenke – pünktlich fällt er.
Fragt sie: „Ist nichts aufgetischt?"
sagt man: „Werde man erst älter,
wenn du jung bleibst, kriegst du nischt."

Wer aus „Götz von Berlichingen"
uns auffordert durch Zitat,
solchen Kerl, den müßt man zwingen,
daß er folgen läßt die Tat.

Und dann sagt man voller Ruhe:
„Siehst du, lieber Freund, was du
nicht willst, das man dir tue,
füg' auch keinem andern zu."

Den, den freut, ein Tier zu quälen,
strafen ganz besonders wir,
denn so'n Tier kann nichts erzählen –
schlagt ihn so, wie er das Tier.
Und beim Schlagen müßt Ihr sagen:
„Quäle nie ein Tier zum Scherz –
jetzt wirst du wie's Tier geschlagen,
denn es fühlt wie du den Schmerz."

Selbst wer 'nen Vöglein hält gefangen
in 'nem Käfig, der zu schmal
und stellt nun noch das Verlangen:
„Liebes Vöglein, sing' doch mal;" –
solchen edlen Tierfreund plagste,
wenn du ihn in'n Käfig zwingst,
der zu eng ihm – und dann sagste:
„So, da bleibst du, bis du singst."

Lieben ist zwar kein Verbrechen,
doch, wer „ihr" die Eh' verspricht
und verspricht sich beim Versprechen,
weil er sein Versprechen bricht,
der muß Blut und Wasser schwitzen,
der muß sitzen lang und schwer,
denn auch sie blieb durch ihn sitzen
und sitzt länger meist als er.

Wer 'ne brave Maid verführte,
wird bestraft – das ist doch klar –
folgen Folgen solchem Flirte,
kriegt er ungefähr ein Jahr.

Jede Untat ihren Lohn hat,
doch e r kriegt die Strafe bloß –
sie hat sowieso neun Monat'
bis sie ihre Strafe los.

Wenn 'ne Ehefrau, 'ne brave,
von dem Mann betrogen wird,
ist's für ihn die größte Strafe,
wenn die Frau sich revanchiert;
sie darf dann auch 'nen andern lieben,
geht zu dem zum Rendezvous,
und wenn's ihr Mann zu toll getrieben,
muß er mitgehn und guckt zu.

Wer nicht klatscht, wenn man hier predigt,
wer noch zischt und pfeift und kläfft,
der hat ein Geschäft geschädigt –
ausgerechnet mein Geschäft.
Dann – da gibt es nichts zu lachen –
muß er singen hier im Haus,
soll e r mal den Schwindel machen
und dann pfeife i c h ihn aus.

★

Muß man denn ins Ausland reisen!

Original-Vortrag

(Die einzelnen Dialekte sind hier in groben Umrissen angedeutet. Auch beim Vortrag genügt es, wenn nur die markantesten Eigentümlichkeiten des jeweiligen Dialekts hervorgehoben werden.)

Gern ins Ausland reist der Deutsche,
er verbringt die Ferien da,
schweift zu gerne in die Ferne – –
und das Gute liegt so nah. –
Kannst auch in der Heimat reisen,
schon die Urmark ist zu preisen:
Brandenburch am Havelstrande,
(soll heißen: Brandenburg)
jrünes Land auf weißem Sande.
's herrscht ein fröhlicher Verkehr da,
dicht bewohnt ist 's Havelland –
Häuser stehn wie Sand am Meer da,
bloß sie stehn da mehr am Sand.

Muß man denn ins Ausland reisen?
Schau den Hoorz (Harz) voll Poesie,
und ganz korz, glich hingerm Hoorze,
läht doch 's Eichsfeld dichte bi.
(Und ganz kurz, gleich hinterm Harze
liegt doch's Eichsfeld dicht dabei.)
Kannst auch nach Hannover fähren,
därfst den Späß dir nicht erspären,
stehst dort staunend am Kanäle,
gehst spazier'n im Lindentäle –
grüßt die Däm'n – die sind da spröde,
strotzen alle von Moräl –
wenn du eine küßt, sägt jede:
„Grät heut' ist's erstemäl."

Muß man denn ins Ausland reisen?
Hat nicht Sachsen seinen Reiz?
Gann dich Dresden denn nich dresten,
Weißer Härsch und Sächs'sche Schweiz?
Und die große Seestadt Leipzig –
sucht man da gee'n Zeitvertreib sich?
Man trinkt „Gose" – man bekneipt sich –
drückt e Weib sich – an den Leib sich.
Ja, die Frau'n dort – scheen gewachsen –
kissen sieß, ob alt, ob jung.
Jeder Jingling griegt in Sachsen
„sachsuelle" Aufklärung.

Muß man denn ins Ausland reisen?
Is dir nich et Rheinland fremd?
Wo man Wein trinkt, wo der Rhein blinkt,
wo die Lorelei sich kämmt?
Wo der Tünnes und der Schäl is,
wo so mänche jecke Keel (verrückter Kerl) is,
wo man singt beim Saft der Reben:
„Nur am Rhein, da möcht ich leben!"
Fahr' zum Karneval, verstehste, –
so jet (so was) gibt's nicht noch amol!
Bei de Kölsche Mädcher gehste
dann ens (nochmal) richtig in de School!

Muß man denn ins Ausland reisen?
's Bade-Ländle, 's Schwäble-Reich
ist doch a u c h scheen, des muscht auch se'n –
da muscht hinfahr', aber gleich.
Kannscht de Schwarzwald dir betrachte,
Karlruh' ischt nit zu verachte,
Heidelberg kann auch nix schade –
kannscht in Bade-Bade bade –
fährscht nach Friedrichshafe, wo de
mit dem Zepp'lin schteigscht in d' Höh'
und denkscht: Wenn i auf der Bode
seh', seh' ich der Bodesee.

Muß man denn ins Ausland reisen?
Wenn ich nun von Hamburg s-sprech?
Wer die Hanse-S-tadt sich ansah,
ist doch auch zufrieden, nech?
Jungferns-tieg, Sankt-Pauli-Rummel,
Alster, Elbe, Hummel, Hummel – –
und das ganze Schiffahrtstreiben – –
ja, da gibt's kein S-tehenbleiben – –
Bismarck schaut als Roland nieder
und hä säsocht mit frohem Maut:
„Kinners, mookt dat man so wider,
dann wärd allens wedder gaut."

Muß man denn ins Ausland reisen?
Astpreißen (Ostpreußen) ist auch kein Quark –
(das „ei" recht breit aussprechen)
solche Reisen muß man preisen:
Tilsit, Eylau, Kenigsbarg –
macht dir's nicht zu viel Beschwerden,
kannst du jleich dort Siedler werden.
's gibt da grauße Landerstracken,
kannst dein Jald im Drack verstaken, –
Alles, was dich sonst verdrossen,
kommt dann sagenhaft dir vor,
wohnst da jänzlich abgeschlossen, – –
hast sogar – 'nen Korridor.*)

Muß man denn ins Ausland reisen?
Hat Berlin denn Konkurrenz?
Mit d i e Landschaft mach' Bekanntschaft:
Resedenz und Intell'jenz.
Wo der Kreuzberg u n t e r dir is,
(seine geringe Höhe andeutend)
wo im Tiergarten keen Tier is,
wo die Panke ohne Strom is,
wo im Jrunewald keen Boom is. –

Paßt et dir nich Untern Linden,
kannste nach dem Westen jehn –
kannst da alle Völker finden –
kannst ooch mal 'n Berliner seh'n.

Muß man denn ins Ausland reisen?
Ist Westfalen nicht chanz fein?
Brukst in Mäkelnborg du mäkeln?
Muß grad Hesse häßlich sein?
Fahr' a brinkel ooch nach Schlesien –
bist ook da schon mal gewesien? – –
Mußt du dann ins Ausland reisen,
preist du's nicht in höchsten Weisen,
sondern singst dort andre Lieder,
fern, von Sehnsucht übermannt:
„Nach der Heimat möcht ich wieder,
nach dem teuren Vaterland!"

★

---

*) Der Vollständigkeit wegen fand auch obige Strophe Aufnahme; beim Vortrag ist sie, da überholt, wegzulassen.

Ich habe zuviel Angst vor meiner Frau

Original-Vortrag

(Der Vortragende tritt als ängstlicher, zaghafter Ehemann auf, singt alles recht weinerlich und schluchzt manchmal in ein großes, rotes Taschentuch hinein.)

Ich bin ein Mann – das kann ein jeder sehen,
ich habe Kraft – verlassen Sie sich drauf –
und sollt' heut' abend hier ein Streit entstehen,
da nehme ich's bestimmt mit jedem auf.
Da geh' ich ran – da fürcht' ich kein'n Krakeeler –
Sie soll'n mal sehen, wie ich den verhau' –
ich bin nicht schwach – ich hab' bloß einen Fehler:
(Beim Kehrreim immer laut schluchzend)
Ich habe zuviel Angst vor meiner Frau.

Das ist 'ne Frau, die niemals ich bezwinge –
sie spricht nicht viel – ihr Blick sagt um so mehr –
wenn die mal zum Zoolog'schen Garten ginge,
da bändigt sie die Viecher samt Dresseur. –
Der stärkste Löwe fällt dann in Hypnose –
sie ist sehr lang, von schmächt'gem Körperbau –
guckt sie mich an, plumpst's Herz mir in die Hose.
Ich habe zuviel Angst vor meiner Frau.

Ich lernt sie kennen in 'nem Ball-Lokale. –
ich wollt' sie nicht – sie aber sah mich an,
als wollt' sie sagen, ein für alle Male:
„Du mußt!" – Ich war der reine Mustermann.
Am Standesamt noch wollte „nein" ich sagen –
da traf ihr Blick mich streng und scharf und rauh –
da sagt' ich „ja" mit Zittern und mit Zagen –
Ich habe zuviel Angst vor meiner Frau.

Nun bin zu Hause ich in schweren Nöten,
geh' leise auf den Zehen hin und her –
ich trau' mich nicht, energisch „aufzutreten" –
ich habe keinen freien Willen mehr.
Ich frag' sie immer, eh' ich aus dem Hause tret',
ob ich auch darf – sonst bleib' ich drin im Bau –
ich frag' selbst um Erlaubnis, wenn ich a u s t r e t ' –
Ich habe zuviel Angst vor meiner Frau.

Sie kocht – man kann nicht sagen, daß sie g u t kocht.
Sie weiß nie, was es wird – ich halte still.
Sag' ich 'nen Ton, kommt's vor, daß sie vor Wut kocht –
dann kocht sie immer das, was ich nicht will.
„Koch' keine Fische", hab' ich oft gebeten –
nun gibt's dreimal die Woche Kabeljau. –
Ich freß' sie auf – ich freß' sogar die Gräten –
Ich habe zuviel Angst vor meiner Frau.

Mein schönes Wirtshausleben ist erloschen –
ich darf nicht raus – die Schlüssel sind bei ihr –
s i e hat das Geld, erlaubt mir nicht 'nen Groschen.
Bloß Geld v e r d i e n e n , das erlaubt sie mir.
Wenn ich sie seh', schleich' ich von dannen immer –
sogar am Abend drücke ich mich schlau. –
Ich schlaf' auch nicht mit ihr in einem Zimmer. –
Ich habe zuviel Angst vor meiner Frau.

Wir hab'n kein Kind – das stimmt sie manchmal traurig,
und strenge sagt sie mir: „Du bist kein Mann!
Komm', küsse mich! – Auf deine Liebe lau'r ich."
Sie schaut mich an – da trau' ich mich nicht ran.
Ich stehe an der Tür wie'n armer Sünder,
'ne Schande ist's, daß ich mich nicht getrau' –
wir bleib'n allein – wir kriegen keine Kinder. –
(Laut schluchzend:)
Ich habe zuviel Angst vor meiner Frau.

Ist sie verreist, dann kann ich freier schalten –
dann nehm' 'ne andre ich ins Kämmerlein –
doch an der Wand hängt's Bild von meiner Alten
mit einem B l i c k – der geht durch Mark und Bein.
Drum, eh' ich knüpfe andre Liebesbande,
dreh' ich sie um, daß sie mich nicht beschau' –
guckt sie mich an, bin ich zu nichts imstande.
Ich habe zuviel Angst vor meiner Frau.

So leb' ich nun in stetem Angstgewimmel –
doch sollt' sie früher sterben als wie ich,
dann leb' ich auf – bloß, komm' ich einst zum Himmel,
dann drückt von neuem eine Sorge mich.
Da frage ich den Petrus schon von außen:
„Ist meine Frau drin? – Suche ganz genau –
und ist sie drin, dann laß mich lieber draußen –
ich habe zuviel Angst vor meiner Frau."

(A n m e r k u n g : Wo die Situation es zuläßt, kann der folgende, sehr wirkungsvolle Da-capo-Vers beim Wiederherauskommen gesungen werden. Es erhöht die Wirkung, wenn sich die Frau des Vortragenden bei den Worten „trifft mich ihr Blick" drohend von ihrem Sitz erhebt.)

D a c a p o :

Ich danke – Ihr Applaus macht mir Vergnügen –
Sie wundern sich, daß ich gekommen bin?
Ich bin zum Fenster heimlich rausgestiegen –
zu dem Verein (in dies Lokal) da mußt' ich heute hin.
Doch nun ist Schluß – ich gehe, denn ich glaube,
sie kam mir nach. (Blickt in den Zuschauerraum.)
Wenn ich nach unten schau',
trifft mich ihr Blick – ich mach' mich aus dem Staube –
ich habe zuviel Angst vor meiner Frau. (Läuft eilig ab.)

★

Einmal im Jahr!

Original-Vortrag

(Der Vortragende tritt als etwas bejahrter Mann auf)

Einmal im Jahr,
wenn alle Glocken zum Jahresschluß läuten,
schweift unser Blick in vergangene Zeiten.
Dann müßt' uns alles, was einst wir besessen,
was wir erlebt – und geliebt – und vergessen,
wieder erscheinen, wie früher es war,
einmal im Jahr.

*

(Will man den Anfang des Vortrages verallgemeinern, so daß er immer passend ist, dann singt man statt der ersten Strophe folgende:)

Einmal im Jahr
hab'n wir Geburtstag – die Jahre entgleiten,
ist man erst alt, denkt man früherer Zeiten.
Dann müßt uns alles, was einst wir besessen,
was wir erlebt – und geliebt – und vergessen,
wieder erscheinen, wie früher es war,
einmal im Jahr.

Einmal im Jahr
müßt man wie früher vor Lebenskraft strotzen,
ohne mit Affen-Verjüngung zu protzen,
müßt' man s o singen die früheren Lieder:
„Schön ist die Jugend, sie kommt i m m e r wieder",
„Ich b i n ein Jüngling mit lockigem Haar" –
einmal im Jahr.

Einmal im Jahr
müßt' man noch glauben an Wunder und Märchen,
wie wir's geglaubt, als wir kaum ein paar Jährchen,
als uns der Weihnachtsmann spukte im Schädel,
an den Storch wir glaubten, besonders die Mädel –
manche glaubt heut' noch an Freund Adebar –
einmal im Jahr.

Einmal im Jahr
müßt' man wie früher die Schule besuchen,
Dummheiten machen, wenn Väter auch fluchen,
rauchen und kneipen, vorm Lernen sich drücken –
Scheiben zertrümmern, die Schilder verrücken,
und dann veräppeln den Lehrer sogar –
einmal im Jahr.

Einmal im Jahr
müßt man wieder die S t ä t t e n bereisen,
die man einst sah, alle Gegenden preisen.
Gott, war das herrlich, man fuhr durch die Lande,
reiste ins Bad, ging spazieren am Strande.
Manche, die haben gebadet sogar –
einmal im Jahr.

Einmal im Jahr
müßt unser Weibchen s o sein wie vor Jahren,
jung und schön, als wir noch Brautleute waren.
Müßt uns s o küssen, wie früher im Leben, –
und wieviel Küsse hab'n w i r i h r gegeben!
Später, da wird dann die Zuneigung rar –
einmal im Jahr.

Einmal im Jahr
müßt' man, wie einst, in gemütlicher Klause,
jung noch vermählt, mit ihr sitzen im Hause.
Müßt' unser Kind auf dem Schoße sie haben,
müßt' zu uns sag'n: „Schau den bildhübschen Knaben.
Hat von m i r gar nichts, gleicht d i r ganz und gar" –
einmal im Jahr.

Einmal im Jahr
müßt' man wie einst, ohne Zwang, ohne Regel,
frei sein von Frau und von Kind und von Kegel.
Reich müßt' man sein, mit Geld müßt' man prahlen,
müßt' jedem Austern und Kaviar zahlen
und selbst die Steuern bezahlen in bar –
einmal im Jahr.

Einmal im Jahr
müßt' man noch Kraft hab'n bis morgens um viere,
sich zu berauschen an Wein oder Biere.
„Wer nie 'nen Rausch hatte", hab ich gelesen,
„der ist ein braver Mann niemals gewesen."
Drum müßt man mindestens brav sein fürwahr
einmal im Jahr.

Einmal im Jahr
müßt' man noch küssen und kosen und lieben,
alles s o könn'n, wie man's früher getrieben.
Schön wär's, noch mal jede Maid zu betören,
jede zu küssen und jeder zu schwören:
„Dir nur allein bleib' ich treu immerdar –
e i n mal im Jahr."

Einmal im Jahr
müßten die Mädchen, die süßen, die feinen,
die einst geliebt wir, uns wieder erscheinen.
Zierlich, keck müßten vorüber sie wandern,
nicht auf e i n mal, eine h ü b s c h nach der andern,
daß uns Z e i t bleibt für die liebliche Schar –
einmal im Jahr.

Einmal im Jahr
müßten uns wieder begrüßen hienieden
alle unsere Lieben, die längst schon verschieden,
müßt' uns die M u t t e r nach allem fragen,
„J u n g e , mein J u n g e", so müßte sie sagen,
macht uns zum Kinde trotz schneeweißem Haar –
einmal im Jahr.

Einmal im Jahr
müßten auch w i r vereint sein wie heute,
müßt' ich begrüßen die n ä m l i c h e n Leute –
munter wie heut' müßten komm'n Sie alljährlich –
und ich sing' hier – 's wär doch nicht so gefährlich,
wenn Sie ertragen mein Repertoire
e i n mal im Jahr.

*

Wie reizend sind die Frauen!

Original-Vortrag

Wie reizend sind die Frauen!
Fast jede mir gefällt.
Sie sind, vom Manne abgeseh'n,
das Schönste auf der Welt.
Besonders so ein Bräutchen –
was kann wohl süßer sein!
Doch wenn man sie geheirat't hat,
da fällt man manchmal rei – – – –
Rein und lieblich ist so'n holdes Weibchen.
Auf dem S c h o ß hast du dein Turteltäubchen.
Jedoch das Glück, das große,
hält e i n Jahr allenfalls.
Erst hast sie auf dem S c h o ß e ,
dann hast sie auf dem H a l s.

Wie reizend sind die Frauen!
Doch find' ich es nicht fein,
sie kommen nie zur rechten Zeit,
sie könn'n nicht p ü n k t l i c h sein.
Bis eine Frau sich anzieht –
der Spaß ist mir nicht fremd –
der Mann ist lange fertig schon,
da steht sie noch im Hem – – – –
Hemmt euch nicht das Binden und das Schnüren?
Müßt ihr dabei so viel Zeit verlieren?
So ist es gegenwärtig –
und schon im Paradies
war Adam lange fertig,
bis s i e sich sehen ließ.

Wie reizend sind die Frauen!
Doch eines macht uns toll,
sie woll'n stets neue Kleider hab'n –
und hab'n die Schränke voll.
„W i r   h a b ' n   n i c h t s   a n z u z i e h e n ! "
so klagen sie uns ihr Los.
W e n n ' s   n u r   s o   w ä r ' ! Ne schöne Frau
seh' ich sehr gerne blo – – – –
Bloß an Blusen denken sie und Kleider.
Immer ist ihr Gang zum Damenschneider.
Sie sind grad' wie die Eva –
kaum, daß sie einst erschien,
da sprach sie schon zum Adam: „Du,
ich hab' nichts a n z u z i e h ' n ! "

Wie reizend sind die Frauen!
Doch willst du eine frei'n,
nimm eine für den Magen dir
und nicht fürs Herz allein.
Die schönste Frau wird älter
und hast sie immer noch –
So manche trägt die feinsten Schuh'
und hat im Strumpf ein Lo – – – –
Locken dich die allerschönsten Frauen,
darfst du nicht bloß nach dem Äußern schauen.
Nimm eine dir fürs K o c h e n ,
wenn sie auch häßlich ist.
Bedenke stets: du frißt –
v i e l länger, als du küßt.

Wie reizend sind die Frauen!
Doch manche junge Maid –
hat keine Zukunft mehr – das liegt
an der Vergangenheit.
Ich liebt' ein reines Wesen.

Ich schenkte ihr geschwind,
was sie nur wollt' – da hört ich:
sie hatte schon ein Kin – – – –
Kinder, Kinder, was sind das für Sachen!
Noch so jung – und so was schon zu machen!
Ich sprach: „Die Hüte, Kleider,
kurz, alles ist von mir."
„Ja", weinte sie, „nur leider,
das Kind ist nicht von dir."

Wie reizend sind die Frauen!
Nur sie sind unser Glück.
Sie sind – das weiß ein jedermann –
des Herrgotts Meisterstück.
Doch eines macht mich stutzig:
Gott schuf für u n s die Frau,
er s e l b s t jedoch nahm keine sich –
dazu war er zu sch – – – –
Schau mal an, e r hielt die Frau'n sich ferne,
denn er wußt', die Frauen h e r r s c h e n gerne.
Hätt' er 'ne Frau genommen,
da konnt' es ihm passier'n,
da wär er n i c h t der Herrgott mehr –
da würde s i e regier'n.

★

Sei gescheit!

Original-Vortrag

Sei gescheit – mußt immer Schick und Schliff hab'n –
was sich schickt, das mußt du schon im Griff hab'n.
Mußt stets nobel angezogen sein,
denn die Welt, die will betrogen sein.
Fehlt dir's Geld, dann pump' dir deine Kleider –
such' dir immer wieder 'n neuen Schneider. –
Triffst du so'n Schneider, grüß' ihn nich,
denn so'n Kerl ist kein Verkehr für dich.

Sei gescheit – wenn du mal im Hotel wohnst,
sieh zu, daß du billig und reell wohnst
und poussiere mit der Zimmermaid,
denn mit dem Trick kommst du immer weit.
Wenn zum Abschied sie das Händchen flink hält,
gib ihr 'n Kuß, dann pfeift sie auf das Trinkgeld.
Kommt der Hausknecht allerdings zum Schluß,
der begnügt sich selt'ner mit 'nem Kuß.

Sei gescheit – fährst auf der Eisenbahn du,
hast im Schlafkupee 'nen Schlafkumpan du,
und er schnarcht beim Schlafen in der Nacht –
bis du aufgewacht und aufgebracht.
Drum schlaf du erst ein, dann wirst du fein schlafen,
und dann schnarch' du, dann kann er nicht einschlafen.
Doch schläft er erst ein, hast du die Pein,
dann schnarcht er, und dann schläfst du nicht ein.

Sei gescheit – willst Straßenbahn du fahren,
doch im Wagen sitzen Menschenscharen
und am Eingang klebt die Schaffnerin,
spring' aufs Trittbrett, du kommst doch noch rin.
Fehlt dir Platz, stell' dich auf ihre Beene –
bleib' drauf stehn, sie macht dir keine Szene,
denn es steht an jeder Wagentür,
sie darf nicht reden mit dem Passagier.

Sei gescheit – du darfst bei schönen Frauen
nicht beständig auf die Haare schauen –
und berühre niemals ihren Zopf,
denn er rutscht vielleicht von ihrem Kopf.
Sag auch nie, daß herrlich die Frisur ist,
denn du weißt ja nicht, ob das Natur ist,
preis' auch nie das schöne, blonde Haar,
denn du weißt ja nicht, wie's früher war.

Sei gescheit, bist du zum Mittagessen
mal geladen, darfst du nie vergessen:
kauf' der Hausfrau einen Blumenstrauß,
aber suche nicht so'n teuren aus.
Überleg' dir vorher jeden Posten –
wenn du Blumen kaufst, die drei Mark kosten,
und ißt für 'ne Mark, verlierst du zwei.
Kauf' für eine Mark und friß für drei.

Sei gescheit – ein Rätsel ist das Heiraten –
bei 'ner Heirat kann man leicht vorbeiraten.
Ist schneeweiß auch die Vergangenheit,
damit ist nichts anzufangen heut',
Doch hat 'ne Mitgift sie, 'ne ganz immense –
na, dann nimm se du se dir se denn se –
hat auch die Vergangenheit ein Loch,
nimm se du se dir se denn se doch.

Sei gescheit – dann bist du wohl gebettet –
einst hab'n Gänse 's Kapitol gerettet –
also merk' dir das zu deinem Wohl –
nimm die Gans und denk ans Kapitol.
Ist sie alt, nimm sie in aller Kürze,
denn je mehr du wart'st, je älter wird se.
Ist sie häßlich, mach dir auch nichts draus,
gib ihr'n Kuß und mach die Lampe aus.

★

Gräme dich nicht!

Original-Vortrag

Gräme dich nicht!
Wenn dich die Sorgen des Lebens bedrängen,
bleibe stets froh – laß den Kopf niemals hängen,
sonst wirst du häßlich, kriegst Falten und Runzeln –
bleibst ja viel schöner beim Lachen und Schmunzeln –
drum mache immer ein frohes Gesicht.
Gräme dich nicht!

Gräme dich nicht!
Kommst du statt abends erst morgens nach Hause –
und deine Gattin, die schimpft ohne Pause –
dann laß sie schimpfen und freue dich riesig.
Je mehr du lachst, um so mehr ärgert sie sich.
Lach' immer lauter, je länger sie spricht.
Gräme dich nicht!

Gräme dich nicht!
Plagt dich die Gicht – und du rufst den Professer –
und du bist reich, wird dein Zustand nicht besser.
Den, der kein Geld hat, wird schnell er kurieren,
da kann der Doktor nicht viel profitieren.
Doch da du reich bist, behältst du die Gicht.
Gräme dich nicht!

Gräme dich nicht!
Wenn 'nen Prozeß du mit Zwanzig begonnen
und fünfzig Jahre seitdem sind verronnen,
und du erlebst nicht den Schluß der Geschichte,
dann gehn die Erben für dich aufs Gerichte,
und du gewinnst noch am „Jüngsten Gericht".
Gräme dich nicht!

Gräme dich nicht!
Wenn dir ein Mädchen 'nen Korb mal gegeben –
und sich 'nen andern genommen fürs Leben –
wirst vielleicht von ihr zum Hausfreund erlesen,
sonst wär' vielleicht d e r bei d i r es gewesen –
und das wär' schließlich 'ne dümm're Geschicht' –
Gräme dich nicht!

Gräme dich nicht!
Kriegst du 'ne Glatze, dann zieh keine Falten.
Kannst dann beim Haarschneid'n den Hut aufbehalten.
Scheint auch der Mond hier (auf den Kopf deutend)
im Laufe der Jahre –
besser 'ne Glatze, als gar keine Haare.
Wenn es mal dunkel wird, brauchst du kein Licht.
Gräme dich nicht!

Gräme dich nicht!
Früher ist oft der Ex'kutor gekommen,
hätte mir gerne mein Geld abgenommen –
doch ich sprach lächelnd: „'s ist nichts in der Börse –
aber im Kopf hab' ich sehr schöne Verse –
Geld hab' ich nicht – doch ich mach dir 'n Gedicht."
Gräme dich nicht!

Gräme dich nicht!
Bist du zu alt, um ein Mädchen zu lieben,
dann wird dir keine dein Herz mehr betrüben –
brauchst keiner sagen: „Du hast mich betrogen!"
Keine wird klag'n: „s' kommt ein Vogel geflogen."
Brauchst nichts zu zahlen, brauchst nicht aufs Gericht.
Gräme dich nicht!

Gräme dich nicht!
Manch alte Jungfer, die sitzengeblieben,
grämt sich – sie wollte gern küssen und lieben –
Freu dich – jetzt lebst du in Ruhe und Frieden –
hätt'st vielleicht Sorgen, wärst längst schon geschieden,
hättest sechs Kinder, kein' Gatten in Sicht –
gräme dich nicht!

Gräme dich nicht!
Oft gräm' ich mich, wenn hier oben ich stehe
und neiderfüllt auf die Leute hier sehe –
dann sagt mir wohl mancher: „Kannst lachen und prahlen,
du w i r s t bezahlt – und die m ü s s e n bezahlen –
du kriegst noch Geld für dein dummes Gesicht –
gräme dich nicht!"

*

Da kann man sehen, wie die Frauen sind

Original-Couplet

Jetzt preise ich in aller Herren Namen
die holden Damen, die heute kamen.
Doch nicht die hies'gen Damen nur allein,
nein, alle Frauen soll'n gepriesen sein.
Die Frau teilt mit dem Manne Gut und Leben.
Schon Eva zeigt' dem Adam dies geschwind.
Den halben Apfel hatt' sie ihm gegeben.
Da kann man sehn, w i e g u t die Frauen sind.

Das Herz des Mannes geht in Liebesfragen,
so hört' ich sagen – oft durch den Magen.
Drum lädt die Mutter von 'nem Mägdelein
den Bräutigam oft zum Essen ein.
„Mein Kind kocht selbst", hat Mama dann gesprochen,
Dabei hat keinen Dunst das liebe Kind.
Erst n a c h der Hochzeit fängt sie an zu kochen.
Da kann man seh'n, w i e k l u g die Frauen sind.

Gibt's mal 'nen Sensations-Prozeß – o Grauen –
kann man oft schauen die feinsten Frauen –
geht uns oft so'n Prozeß durch Bein und Mark –
die Frauen bleib'n im Saal – da sind sie stark. –
Doch will zu Hause der Mann ein Wörtchen wagen,
wenn er mit ihr den kleinsten Streit beginnt,
da fall'n sie um – da könn' sie nichts vertragen –
dann kann man seh'n, w i e s c h w a c h die Frauen sind.

Die Frauen lieben's, wenn wir sie betrachten,
stets auf sie achten – nach ihnen schmachten.
Doch zeig den Frauen nie zuviel Gefühl.
Liebst du sie heiß, dann sind die Frauen kühl.

Doch tut der Mann sehr kühl und sehr erhaben,
als wäre er für ihre Reize blind,
dann ruhen sie nicht eh'r, bis sie ihn haben,
dann kann man seh'n, w i e l i e b die Frauen sind.

Es liebt die Frau, mag's auch unfaßlich scheinen,
nur immer einen und weiter keinen,
und küßt sie auch 'nen andern dann und wann,
sie denkt bei jedem Kuß an ihren Mann.
Und flieht sie mit 'nem andern, sie bleibt bieder,
bleibt dem verlass'nen Manne wohlgesinnt,
und nach vier Wochen kommt sie meistens wieder –
da kann man seh'n, w i e t r e u die Frauen sind.

Die Frauen tragen oft vom Damenschneider
die tollsten Kleider – 's ist Mode leider –
der Rock zu eng, der Hut zu klein*) – o Graus –
und trotzdem seh'n die Frauen reizend aus.
's ist komisch, ist die Mode noch so gräßlich,
wie sich die Frau auch anzieht, sie gewinnt.
Die tollste Mode macht sie doch nicht häßlich,
da kann man sehn, w i e s c h ö n die Frauen sind.

★

*) Der jeweiligen Mode entsprechend ändern.

Aber der Mann!

Original-Couplet

Immer nur lobt man und preist man die Frau.
Ihr weiht man Lieder – uns drückt man nieder.
Das ist ein Fehler, wir sind zu galant –
und dadurch werden die Frau'n arrogant –
schau'n auf uns runter und bilden sich ein,
mächt'ger und schöner als wir noch zu sein.
Aber der Mann – aber der Mann –
der ist der Erste, er denkt nur nicht dran.
Wer ist der Meister, der Herrscher, der Held?
Er ist's, denn er kam zuerst auf die Welt.
Aus einer Rippe kam Eva alsdann,
die war nichts wie 'ne Filiale vom Mann.

Wir sind die Ersten und wir gehn voran,
wir üben Taten – wir sind Kameraden,
wir sind Schaffer, sind stark und gewandt,
wir sind auch schöner – das liegt auf der Hand.
Schon bei den Tieren – das lehrt uns ein Blick,
da steh'n die Weibchen entschieden zurück.
Aber der Mann – aber der Mann –
ist bei den Tieren auch stets vornean;
wenn man 'nen Löwen, 'nen Hahn sich beschaut –
Löwin und Huhn sind nicht halb so gebaut.
Und bei dem Menschen ist's grad' wie beim Tier;
die Männer sind schöner – das seh'n Sie an mir.

Ist eine Maid in 'nen Jüngling verliebt,
darf sie nicht wagen, ihm das zu sagen.
Nein, sie muß warten, bis er sagt: „Sei mein!"
Auch in der Ehe herrscht er nur allein.
Sie darf nicht sagen: „Komm, küß mich doch nur,
ich bin heut' gar so verliebter Natur!"

Aber der Mann – aber der Mann –
der hat das Recht, wenn er will, fängt er an.
Er braucht nur sagen: „Komm, gib mir 'nen Kuß!"
Er braucht nur w o l l e n – die Frau aber m u ß.
Er küßt die Frau – und er ladet sie ein –
's braucht nicht mal immer die eigene sein.

Nimmt man mal heute ein Witzblatt zur Hand,
kann man stets schauen – Witze auf Frauen.
Auf Schwieger m ü t t e r werd'n Witze gemacht,
der Schwieger v a t e r wird niemals verlacht.
Schon die Natur schuf uns anders wie sie –
Frau'n krieg'n Kinder, hab'n Plage und Müh'.
Aber der Mann – aber der Mann –
der tut, als geht ihn die Sache nichts an.
Vettern und Basen, die fragen geschwind:
„Wie geht's der Mutter, wie geht's dem Kind?"
„Was machen beide?" wird oftmals gefragt.
„Was macht der Vater?" – hat noch keiner gesagt.

Wenn man die Frau'n auf dem Ball sich beschaut,
wie sie sich rüsten – wie sie sich brüsten –
wie sie sich kleiden so ganz raffiniert,
's wird eben stets auf den Mann spekuliert.
Die Kleider ganz eng weg'n der schönen Figur;
manchmal, da ist es mehr Kunst als Natur.
Aber der Mann – aber der Mann –
hat alles echt – und an dem ist was dran.
Aber er zeigt's nicht – käm'n w i r im Trikot,
wär'n wir doch auch viel schöner als so.
Manch eine Frau hat 'nen herrlichen Mann,
geh'n Sie nach Hause – schau'n Sie'n sich an!

★

Immer weiter . . .

Ein Lebensbild

Ach, was sind wir dumme Leute –
wir genießen nie das Heute.
Unser ganzes Menschenleben,
ist ein Hasten, ist ein Streben,
ist ein Bangen, ist ein Sorgen –
heute denkt man schon an morgen,
morgen an die spät're Zeit, –
und kein Mensch genießt das Heut',
auf des Lebens Stufenleiter
eilt man weiter, immer weiter – –

Ja, wir leben zu geschwind heut' –
gar zu schnell entflieht die Kindheit –
schon der Knabe in der Schule
sitzt nervös auf seinem Stuhle –
von der Fibel wird ihm übel,
nur mit Sträuben lernt er schreiben,
und am liebsten möcht' er raus
aus dem schönen Elternhaus,
denn er glaubt, es sei gescheiter,
immer weiter, immer weiter – –

Ist die Schulzeit dann zu Ende,
steht er an der Lebenswende, –
dünkt sich groß wie irgendeiner, –
wird als Lehrling sehr bald kleiner; –
wird gepufft und angepfiffen,
bis er endlich hat begriffen,
daß man nur durch Fleiß und Streben
sich behaupten kann im Leben. –
Und sein Pflichtenkreis wird breiter, –
immer weiter, immer weiter – –

Ist er Anfang Zwanzig eben,
denkt er schon ans Eheleben.
Ja, in einem Tanzlokale
sieht er sie zum ersten Male –
und am Abend bringt er's Liebchen
schon nach Haus bis vor ihr Stübchen.
Hold errötend sagt die Maid:
„Junger Mann, Sie geh'n zu weit!"
Doch trotzdem geht der Begleiter
immer weiter, immer weiter – –

Er, noch ganz erhitzt vom Tanze,
sagt zu ihr: „Ich geh' aufs Ganze!"
Immer näher kommt zur Maid er –
sie rückt weiter, immer weiter.
„Komm", sagt er, „'s ist nicht gefährlich,
wirst mein Weibchen brav und ehrlich,
in sechs Wochen bist du mein", –
und er küßt das Mägdelein.
Und nun sagt sie froh und heiter:
„Küsse weiter, immer weiter" – –

Ja, nun zählt er die Sekunden
bis man ihn mit ihr verbunden.
Ist das nicht ein toller Einfall?
's hat doch Zeit mit solchem Reinfall!
Er nimmt die geknickte Lilie.
Bald vermehrt sich die Familie,
und nach kurzem hat er schon
auf dem Schoß den ersten Sohn.
Erst kommt einer – dann ein zweiter –
immer weiter, immer weiter – –

Nun beginnt erst recht das Plagen,
oft hört man die beiden sagen:

„Wenn wir nur die Sorgen los sind,
wenn die Kinder nur erst groß sind,
dann strahlt uns der Himmel heiter.“
Und sie schaffen immer weiter,
lassen blind beim Vorwärtsgeh'n
ihres Lebens Rosen steh'n,
suchen Tausendgüldenkräuter
immer weiter, immer weiter – –

So entflieht die Zeit wie'n Traum
und die beiden merken's kaum – –
erst verheiraten sie ihr Mariechen,
dann verlob'n sie ihr Sophiechen,
dann kommt Walter zur Marine,
dann lernt Englisch die Pauline –
dann macht Wilhelm sein Examen –
dann komm'n noch zwei junge Damen –
eine sechzehn – eine vierzehn –
das kost't Kleider, Hüte, Schürzen,
um die richtig auszustatten
für den künft'gen Herrn und Gatten.
Niemals weiß man, wie man dran ist,
nie gibt's Ruhe – nie gibt's Frieden –
wenn die eine an den Mann ist,
ist die andre schon geschieden.
Wenn die Jüngste noch zu haben,
hat die Ält'ste schon 'nen Knaben,
erst kommt einer – dann ein zweiter
und so weiter – immer weiter – –

Seh'n Sie, so entflieh'n die Jahre.
Großpapa hat weiße Haare –
Und der Mondschein zieht sich breiter
immer weiter, immer weiter – –
Und er seufzt: „Wie schön der Mai ist,
sieht man erst, wenn er vorbei ist.“

„Ach, wir waren blind", so klagt er
und zu seinem Enkel sagt er:
„Nutz den Frühling deines Lebens,
leb im Sommer nicht vergebens,
denn gar bald stehst du im Herbste,
bis der Winter naht, dann sterbste –
und die Welt geht trotzdem heiter
immer weiter" – –

★

Warum nicht gleich so?

Original-Vortrag

Ein Ehepaar, –
verheirat't war's schon dreißig Jahr,
es ist doch klar,
daß er schon etwas lässig war.
„Laß dich verjüng'n!"
sagt sie, – schickt ihn zum Doktor rein.
Dort setzt man ihm 'ne neue Drüse ein.
Er kam nach Haus,
sah blühend aus,
voll Energie.
Er küßte sie,
's war ein Genuß.
Ihr drang der Kuß
so stark, so fein,
durch Mark und Bein.
Sie schmiegt sich ran an ihn und sagt voll Liebespein:

„Warum nicht g l e i c h so?
Du hast ja neue Leidenschaft,
warum nicht g l e i c h so?
'ne Leidenschaft, die Freuden schafft.
Warum nicht g l e i c h so?"

Er aber denkt: „Es tut mir leid,
wenn du dich jetzt nicht a u c h verjüngst, dann schafft's
mir keine Freud."
Ein Jüngling liebt
ein wohlerzog'nes Mägdelein.
Im Elternhaus
besucht er sie tagaus, tagein.
Im H a u s k l e i d nur
sieht er v e r h ü l l t sie vor sich steh'n,
und hätt' so gern was N ä h e r e s geseh'n.

Weil er Geld hat,
reist er ins Bad.
Sie ist auch da –
mit der Mama. –
Er trifft die Maid
im Badekleid –
ganz knapp und prall, –
das ist sein Fall!
Er ruft begeistert – und beschaut sie überall:

„Warum nicht g l e i c h so?
Du bist 'ne Frau nach mein'm Geschmack,
warum nicht g l e i c h so?
Ich kauf' die Katze nicht im Sack.
Warum nicht g l e i c h so?"

Die Fraun'n verhüllen sich zu Haus,
doch da, wo recht viel Leute sind, – da ziehen sie sich aus.

Ich kannt' 'nen Mann,
so 'n richtigen Pantoffelheld,
den jede Frau
für einen dummen Stoffel hält.
Hat nie gemuckst –
doch eines Tag's, da hat's gekracht.
Auf einem Ball, da ist sein Mut erwacht.
'nen andern Mann
sah sie dort an.
Sie tanzt' mit ihm,
tat sehr intim.
Da gab's 'nen Streit,
er tobt und schreit,
hat sich ermannt,
er hebt die Hand – –
doch, statt empört zu sein, da sagt sie liebentbrannt:
(Recht zärtlich:)

„Warum nicht g l e i c h so?
Du bist ja 'n Mann, wenn du so streit'st!
Warum nicht g l e i c h so?
Du bist ja reizend, so gereizt!
Warum nicht g l e i c h so?"
Ist ja entzückend, so'n Skandal!
Jetzt tanz' ich noch einmal mit ihm, dann tobst du noch einmal!"

Ein alter Mann
nahm sich zur Frau 'ne junge Maid.
„Hätt' ich 'nen Jung'n",
so seufzt er oft voll Herzeleid.
Sie schaut ihn an
und denkt von Sehnsucht ganz durchdrung'n:
„Du wünscht 'nen Jung'n, i c h wünsch mir a u c h 'nen Jung'n."

Sehr lange schon
wünscht er 'nen Sohn.
Voll „Söhnsucht" ging
zum Arzt er flink.
Der gab den Rat:
„Schick' sie ins Bad."
Sie fährt voll Freud' –
bleibt lange Zeit – – –
dann kam der Storch ins Haus – er sagt voll Seligkeit:

„Warum nicht g l e i c h so?
Jetzt steh' ich stolz als Vater hier,
warum nicht g l e i c h so?
Warum kam denn der Storch nicht f r ü h ' r ?
Warum nicht g l e i c h so?"

Da sagt sie lächelnd zum „Papa":
„Hättest du mich früher fortgeschickt, dann war er früher da."

Das Große Los
hat schon so manchen reich gemacht.
Doch kommt's auch vor,
daß alles schnell wird gleichgemacht.
Ein junger Mann
ward reich und tobt sich gründlich aus,
sein Weib ließ er allein zu Haus.
Dann ward er arm.
Der Mädchenschwarm,
der blieb nun aus.
Er saß zu Haus,
sah seine Frau
erst jetzt genau.
Mußt' ihr gesteh'n:
„Du bist sehr schön."
Sie sagt verschämt: „Das hatt'st du wohl noch nicht
geseh'n?"

„Warum nicht g l e i c h so?
Erst bliebst du fort bei Tag und Nacht,
warum nicht g l e i c h so?
Die Armut hat uns reich gemacht.
Warum nicht g l e i c h so?"

Drum merk' sich jeder Eh'mann ja:
Schweif nicht erst in die Ferne, denn das Gute l i e g t
so nah!

★

Mit der Uhr in der Hand

Original-Vortrag

Wir leb'n in 'ner eiligen, hastigen Zeit
mit der Uhr in der Hand, mit der Uhr in der Hand,
der eine, der schiebt heut' den andern beiseit'
mit der Uhr, mit der Uhr in der Hand.
Wir dräng'n alle vorwärts, ob Hinz oder Kunz,
sind stets außer uns, und wir komm'n nie zu uns,
denn wir werden mit uns ja nur flüchtig bekannt,
mit der Uhr, mit der Uhr in der Hand.

Der Tag beginnt schon in eiligem Lauf,
mit der Uhr in der Hand, mit der Uhr in der Hand,
der Wecker, der weckt uns, wir stehen schon auf
mit der Uhr, mit der Uhr in der Hand.
Schnell zieh'n wir uns an, und wir schling'n unsern [Schmaus,
der ist noch nicht runter, da treten wir aus
und sitzen selbst dort an der h i n t e r e n Wand
mit der Uhr, mit der Uhr in der Hand.

Wir turn'n, wir trainier'n, zum Masseur geh'n wir hin
mit der Uhr in der Hand, mit der Uhr in der Hand,
wie mensen uns „dick", und wir mensen uns dünn
mit der Uhr, mit der Uhr in der Hand.
Wir g e h n nie, sind nur auf dem L a u f e n d e n stets,
wenn mir mal wen treffen, dann frag'n wir „Wie geht's?"
Und eh' der's uns sagt, sind wir weitergerannt
mit der Uhr, mit der Uhr in der Hand.

Wir machen 'ne Reise im Automobil
mit der Uhr in der Hand, mit der Uhr in der Hand,
wir r e i s e n nicht mehr, nein wir r a s e n zum Ziel
mit der Uhr, mit der Uhr in der Hand.
Fragt man uns: „Die Gegend, die war wohl sehr schön?"
Dann sagen wir „ja" und wir hab'n nichts geseh'n,
denn wir fuhr'n bloß v o r b e i ohne Sinn und Verstand
mit der Uhr, mit der Uhr in der Hand.

Wir sind auf dem Ball, im Theater zu seh'n
mit der Uhr in der Hand, mit der Uhr in der Hand,
zum Rendezvous gehn wir um vierzehn Uhr zehn
mit der Uhr, mit der Uhr in der Hand.
Und fünfzehn Uhr dreizehn erscheint „sie" am Ort,
um fünfzehn Uhr sechzehn, da müssen wir fort,
und sie denkt: „Du Rindvieh, du Riesenpedant
mit der Uhr, mit der Uhr in der Hand.

Wir fahr'n in die Ferien und sitzen am Strand
mit der Uhr in der Hand, mit der Uhr in der Hand,
erwarten die Post, den geschäftlichen Stand
mit der Uhr, mit der Uhr in der Hand.
Ein Buch mal zu lesen, das wär' ein Genuß –
wir lesen den Anfang und schau'n nach dem Schluß,
durchblättern den Goethe, durchfliegen den Kant
mit der Uhr, mit der Uhr in der Hand.

Wir hab'n die Rekordwut – wir üb'n sie markant
mit der Uhr in der Hand, mit der Uhr in der Hand,
wir zählen beim Boxpampf die Schläge gespannt
mit der Uhr, mit der Uhr in der Hand.
Einst war es der „Faust", den wir gerne geseh'n.
Heut' sind es die F ä u s t e, pfui Deubel, wie schön!
Wir jubeln, wenn zwei sich verprügeln einand',
mit der Uhr, mit der Uhr in der Hand.

Die Liebe, die Ehe betreib'n wir als Sport
mit der Uhr in der Hand, mit der Uhr in der Hand,
wir find'n uns, verbind'n uns und – pflanzen uns fort
mit der Uhr, mit der Uhr in der Hand.
Will sie ihn mal küssen, dann s t e l l t er sich froh –
und denkt sich: „Nun mach' schon, ich muß ins Büro!" –
Und er drückt sie ans Herz und küßt sie galant
mit der Uhr, mit der Uhr in der Hand.

So eil'n wir durchs Leb'n ohne Freud' und Pläsier,
mit der Uhr in der Hand, mit der Uhr in der Hand,
da, plötzlich steht einer, ist mächt'ger als wir,
mit der Uhr, mit der Uhr in der Hand.
Der sagt: „Du brauchst nicht auf die Uhr mehr zu sehn,
denn m e i n e geht weiter und d e i n e bleibt stehn –"
und er winkt uns hinüber ins andere Land
mit der Uhr, mit der Uhr in der Hand.

★

Du mußt lächeln, immer lächeln!

Original-Vortrag

Schadenfroh sind alle Leute,
darum rat' ich jedem heute:
du mußt lächeln, immer lächeln!
Mußt bei jedem Mißgeschicke,
siehst du schadenfrohe Blicke,
immer lächeln, immer lächeln.
Wenn dir irgend was passierte,
was die andern amüsierte,
mußt du lächeln, immer lächeln,
sonst freu'n sich die a n d e r n riesig,
doch wenn d u lachst, ärgern d i e sich –
also lächeln, immer lächeln! – –
Bist du mal wo eingeladen
und es sitzt zu deinem Schaden
neb'n dir die Ält'ste, Dickste,
schadenfrohe Leut' erblickste –
immer lächeln, immer lächeln!
Gießt vom Braten gar die Tunke
dir aufs Oberhemd die Unke
und du mußt die Hammelrippen
aufs betunkte Vorhemd stippen –
immer lächeln, immer lächeln!
Mußt du tanzen mit der Walze,
alles lacht dich aus, behalt' se,
immer lächeln, immer lächeln!
Tritt sie dir beim Schieben munter
alle Hühneraugen runter
und das schmerzt bis zu den Knöcheln –
immer lächeln!

Hast du dir 'ne Braut genommen,
führst zur Kirche sie beklommen,
immer lächeln, immer lächeln!
Wenn dir auch ums Herze weh ist,
weil bedenklich oft 'ne Eh ist,
immer lächeln, immer lächeln!
Wenn die Leut' am Eingang stehen,
grinsend ins Gesicht dir sehen,
immer lächeln, immer lächeln!
Hörst du zischeln dann von allen:
„Wieder einer reingefallen!"
Immer lächeln, immer lächeln! – –
Wenn die Trauerzeugen fragen – –
die T r a u zeugen wollt' ich sagen,
wenn die fragen, wie das schicklich:
„Lieber August, bist du glücklich?"
Immer lächeln, immer lächeln!
Werdet beide ihr getraut dann,
fragt der Pfarrer deine Braut dann:
„Willst du ihn?" selbst, wenn dein Engel
‚Ja' sagt, falle nicht vom Stengel,
immer lächeln, immer lächeln!
Drückt die Mutter an die Brust dich,
fällt sie lästig, bleibe lustig,
immer lächeln, immer lächeln!
Wenn die Eltern nebst Familie
der von dir geknickten Lilie
heulend nachts den Abschied fächeln,
immer lächeln!

Wenn dir'n Schirm vertauscht beim Regen,
kriegst 'nen schlechten du dagegen,
immer lächeln, immer lächeln!
Weht der Wind dir 'n Hut vom Kopfe,
rennst ihm nach mit bloßem Schopfe,
immer lächeln, immer lächeln!

Fliegt er, wenn du ihm schon nah' bist,
wieder weiter, eh' du da bist,
immer lächeln, immer lächeln!
Hast du 'n endlich, voller Flecke,
setz' ihn auf mitsamt dem – Schmutze,
immer lächeln, immer lächeln!
Kommst du abends spät nach Hause,
deine Frau schimpft ohne Pause,
sagt dir manches Schimpf- und Schandwort,
bleibe still, gib keine Antwort,
immer lächeln, immer lächeln!
Sollst 'nen Backstreich du kriegen,
lächle, laß ihr das Vergnügen,
denn i h r schmerzt bei der Attacke
mehr die Hand, als d i r die Backe,
also lächeln, immer lächeln!
Nur kein Sterbenswörtchen sagen,
d a s kann keine Frau vertragen
immer lächeln, immer lächeln!
Wenn man d a s mit heiterm Hohn macht,
wird s i e schlapp und fällt in Ohnmacht
und hört auf, uns durchzuhecheln – –
immer lächeln!

Fährst du Auto, kannst nicht weiter,
alle freu'n sich – bleibe heiter –
immer lächeln, immer lächeln!
Bist du in was reingetreten,
nur K o p f h o c h , trotz allen Nöten
immer lächeln, immer lächeln!
Ißt du Eis, kriegst Magenpochen,
warte, bis das Eis „gebrochen",
immer lächeln, immer lächeln!
Mag auch u n t e n alles toben,
grolle u n t e n – aber o b e n
mußt du lächeln, immer lächeln!

Reit'st du aus und kannst nicht reiten,
wirst verlacht von allen Leuten,
immer mehr nach vorne drängste
hängst zum Halse raus dem Hengste,
immer lächeln, immer lächeln!
Fällst du hin – 's ist schmerzerregend –
kriegst du 'n Loch in diese Gegend,
(auf die untere Rückenpartie zeigend)
liegst du unten – nur nicht klagen,
mußt in allen Lebens„lagen"
immer lächeln, immer lächeln!
Wenn Zahnschmerzen dich beschwerten
und man zieht dir den v e r k e h r t e n ,
immer lächeln, immer lächeln!
Hast ja nur im höchsten Falle
zweiunddreißig, dann ist's alle – –
laß dich stöcheln und durchlöcheln,
immer lächeln!

Plündert ohne jede Schonung
der Ex'kutor dir die Wohnung,
immer lächeln, immer lächeln!
Schenk' ihm noch mit frohem Mute
'ne Zigarre, doch 'ne g u t e ,
immer lächeln, immer lächeln!
Wenn ein Mädchen dich versetzte,
zeig' nicht, daß dich das verletzte.
Immer lächeln, immer lächeln!
Bald hat dich 'ne a n d ' r e lieber
und du gehst an i h r vorüber,
und dann lächeln, immer lächeln!
Lebst du etwas unerquicklich
in der Ehe, s c h e i n e glücklich!
Nenn' dein Weibchen „Täubchen", „Röschen",
gib ihr h e i m l i c h mal ein Stößchen,
aber lächeln, immer lächeln!

Rückt sie aus mit 'nem Begleiter,
alle lächeln, lächle weiter.
Laß sie ruhig sich erfrecheln
und ein bißchen ehebrecheln!
Immer lächeln, immer lächeln!
Nur nicht zeigen, daß du Schmerz hast,
stets verschwiegen, daß du'n Herz hast.
Immer lächeln, immer lächeln!
Mußt trotz aller Herzenswehen
lächelnd durch das Leben gehen,
und sogar beim letzten Röcheln
immer lächeln!

★

Nehm'n Sie 'nen Alten!

Original-Vortrag

(Der Vortragende tritt als älterer, aber noch sehr rüstiger und flotter Herr auf.)

Die Statistik zeigt's dem Kenner:
's gibt mehr Frauen als wie Männer.
Drum rat' ich allen Frau'n,
sich beizeiten umzuschau'n,
aber, bitte, sich begnügen!
's kann nicht jede 'n Schönsten kriegen.
Schau'n Sie nicht zu wählerisch
nur nach dem, der jung und frisch,
nehm'n Se 'n Alten, nehm'n Se 'n Alten!
So 'nen alten, wohlbestallten,
so 'nen Beamten mit Pension –
sehr begehrt ist die Person.
Nehm'n Se 'n Alten, nehm'n Se 'n Alten!
Hab'n Se 'n etwas aufgefrischt,
ist er besser oft wie 'n Junger –
und stets besser als wie nischt!

Ist der Alte kein Adonis,
wenn's man bloß 'ne Mannsperson is.
Drückte ihn auch Schönheit nie,
um so mehr schaut man auf S i e ! –
Hat er auch vielleicht 'ne Glatze –
einer kriegt se, einer hat se –
oder hat er 'n Doppelkinn,
gut, dann greift man doppelt hin.
Nehm'n Se 'n Alten, nehm'n Se 'n Alten!
Hat er auch schon ein'ge Falten,
die sind bloß am Kopf zu seh'n –
's a n d e r e ist vielleicht sehr schön.
Nehm'n Se 'n Alten, nehm'n Se 'n Alten!

Ist er auch schon dick und breit,
'n Jungen müssen Sie erst füttern
und den hab'n Sie schon „so weit".
(Mit entsprechender Geste die weite Rundung andeutend.)

'n Junger küßt zwar heiß und mächtig,
doch ein Alter küßt bedächtig,
was ihm fehlt an Temp'rament,
das ersetzt er – durch Talent.
Und wie schön, beim Küsseschenken
braucht s i e nicht an Folgen denken;
denn kommt in die Jahre e r,
kommt s i e nicht in Wochen mehr.
Nehm'n Se 'n Alten, nehm'n Se 'n Alten!
Der versteht gut hauszuhalten.
'n Junger küßt voll Unbedacht,
oft zu schnell – drum geb'n Sie acht!
Nehm'n Se 'n Alten, nehm'n Se 'n Alten!
Der geht wen'ger aus sich 'raus,
küßt nicht häufig, aber l ä n g e r , –
dadurch gleicht sich's wieder aus.

'n Junger läßt sich schwer bezwingen,
wenn sie den Pantoffel schwingen.
'n Alter wird gern d r u n t e r steh'n,
um voll Demut a u f z u s t e h ' n.
'n Junger kauft sich s e l b e r Kleider,
'n Alter kauft Ihn'n Kleid beim Schneider.
Wenn Sie's anzieh'n, freut's ihn sehr –
wenn Sie's ausziehn, noch viel mehr.
Nehm'n Se 'n Alten, nehm'n Se 'n Alten!
Der läßt schalten Sie und walten.
Durch 'n Kuß schon wird er satt,
denkt dann wunder, was er hat.
Kommt dann mal ein J u n g e r her,
gönnt er dem sogar den Braten
und begnügt sich am Dessert.

Hab'n Sie 'n j u n g e n Mann, dann schauen
oft zu dem auch and're Frauen.
Nach 'nem A l t e n schau'n sie nie –
der bleibt ganz und gar für S i e.
'n Junger ist veränderlicher –
aber 'n Alter, der ist s i c h e r,
der küßt nur im e i g 'n e n Raum –
's langt ja auch für e i n e kaum.
Nehm'n Se 'n Alten, nehm'n Se 'n Alten!
Der ist froh, wenn S i e 'n behalten,
der bleibt treu in Ewigkeit,
beinah z u treu – mit der Zeit!
Nehm'n Se 'n Alten, nehm'n Se 'n Alten!
Der küßt voller Liebesqual,
denn er denkt bei jedem Kusse:
„'s ist vielleicht das letzte Mal!"

Drum, könn'n Sie kein'n jüngeren haben,
nehm'n Sie sich 'n a l t e n Knaben.
Sind ja heut' verschied'ne hier –
und – – wie wär' es denn mit m i r?
Seh' hier zwar auch jüng're Leute – (renommierend)
was d i e könn'n, kann ich noch heute,
liebte schon an manchem Ort.
Schreib'n Se mal, ich komm' sofort.
Nehm'n Se 'n Alten, nehm'n Se 'n Alten!
Bin doch noch ganz gut erhalten –
graue Haare – sieht man gern –
silbern ist ja jetzt modern.
Nehm'n Se 'n Alten, nehm'n Se 'n Alten!
Mädel, wenn du d e n begräbst,
erbst du alles, jeden Falles – – –
aber nur – aber nur – aber nur, wenn du's erlebst.

(Es erhöht den Effekt, wenn jetzt ein junges, recht schickes Mädchen (es können auch mehrere sein) auf die Bühne stürzt und wenn der Alte mit ihr, resp. mit ihnen, nach der Melodie des Kehrreims abtänzelt.)

Karussell

Original-Vortrag

Um im Kreis herumzuschweben,
fährt das Kind gern Karussell,
doch mir scheint, das ganze Leben
bringt uns auch nicht von der Stell'.
Aus dem Nichts kommt man zur Erden,
nippt mal an des Lebens Quell,
um dann wieder – Nichts zu werden –
Karussell, Karussell!

's herrscht ein ew'ges Auf und Nieder,
jedes Jahr wird's aktuell.
In dem Frühling blüht der Flieder,
's ist im Sommer heiß und hell –
und im Herbst wird's kälter wieder –
und im Winter friert es schnell –
und im Frühling blüht der Flieder –
Karussell, Karussell!

Aus der Wolke strömt der Regen,
tränkt die Felder, füllt den See,
bringt Erfrischung, spendet Segen,
steigt als Dunst dann in die Höh',
sammelt sich zur Wolke munter,
und an einer andern Stell'
kommt's als Regen wieder 'runter –
Karussell, Karussell!

Erst, da sind wir fromm und beten –
man erzieht uns brav und gut.
Wenn wir dann ins Leben treten,
sünd'gen wir voll Übermut.
Doch, wenn uns're Jugend flöten,
fürchten wir uns vor der Höll',
werden wieder fromm – und beten –
Karussell, Karussell!

„Muttchen, Muttchen, sei nicht böse",
schluchzt 'ne Maid, „wir müssen frei'n;
hab' gefehlt!" – 's gibt Krach, dann Hochzeit,
dann ein kleines Mägdelein.
Das wird groß und graziöse –
eines Tag's schluchzt die Mamsell:
„Muttchen, Muttchen, sei nicht böse!"
Karussell, Karussell!

Einst tanzt' Walzer man im Kreise,
dann kam Polka und Galopp,
Foxtrott, Shimmy, blöderweise
Charleston (Tscharlst'n) Rumba – laut und grob.
Doch dann ward man wieder leise; – –
heut' – zu Klängen froh und hell –
tanzt man Walzer flott im Kreise –
Karussell, Karussell!

's ging 'ne Maid nachts auf der Straße
und mein Freund wollt' schnell zu ihr.
„Wart doch hier", sagt' ich im Spaße,
„die macht ihren Rundgang hier.
Nach 'ner Stunde, treu und bieder
kommt die Maid auf alle Fäll'
von der andern Seite wieder."
Karussell, Karussell!

Ein Rentier von dritthalb Zentner
hat 'n Bauch wie 'n Karussell –
in Marienbad, da rennt er –
achtzig Pfund verliert er schnell.
Kaum zu Hause, sauft der Rentner,
kommt nicht 'raus aus dem Hotel,
wiegt jetzt wieder dritthalb Zentner –
Karussell, Karussell!

Manches junge Ehepärchen
küßt sich abends voller Glut,
morgens, da beginnt das Streiten,
mittags kommen sie in Wut.
Nachmittags verstummt das Lästern,
abends scheint die Sonne hell,
und dann sagt er: „Komm', wie gestern!"
Karussell, Karussell!

Lehmann lernt ein Mädel kennen,
führt' sie bald drauf zum Altar,
doch nicht lang', gibt's Krach und Schläge
und dann folgt die Scheidung gar.
Wieder lernt er 'n Mädel kennen:
Heirat – Krach – dann Scheidung schnell, –
dann die nächste – jetzt die vierte!
Karussell, Karussell!

Erst gibt's Friedenskonferenzen,
dann gibt's irgendwo 'nen Krieg –
dann heilt man die Differenzen –
dann gibt's wieder Kampf und Sieg.
Dann soll ew'ger Friede glänzen.
Dann gibt's einen Umsturz schnell –
dann komm'n wieder – Konferenzen –
Karussell, Karussell!

Du hast Schulden zu bezahlen,
drum pumpst einen Freund du an,
der pumpt wieder bei 'nem Freunde,
daß er dir was pumpen kann;
d e r Freund pumpt bei deinem Gläub'ger,
und d e r kriegt das Geld dann schnell,
was er d e m gab, von d i r wieder! –
Karussell, Karussell!

Hast du deinen Lohn bekommen,
und du hast soliden Sinn,
trägst du einen Teil des Geldes
zu der Stadtsparkasse hin.
Von der Kasse leiht das Geld dann
d e i n G e s c h ä f t , 's ist or'ginell;
und am Lohntag kriegst du s wieder.
Karussell, Karussell!

Manchmal mach ich neue Witze
und ein anderer hört sie an.
Der, dem 's fehlt an eig'ner Grütze,
sagt sie einem dritten dann –
der erzählt die „Geistesblitze"
seinem Freund, und der kommt schnell
und erzählt m i r m e i n e Witze –
Karussell, Karussell!

Ohne Haare, ohne Zähne
komm'n wir auf die Erde hier.
Dann wächst uns 'ne mächt'ge Mähne
und auch Zähne kriegen wir.
Doch im Alter, 's ist nicht schöne,
leer der Mund, der Kopf wird hell –
keine Haare, keine Zähne,
Karussell, Karussell!

Erst, da ißt man die Kartoffeln,
dann verdaut man sie voll Kraft.
Dann nutzt das verdaute Essen
später noch der Landwirtschaft,
denn der Bauer bückt sich nieder,
pflanzt Kartoffeln, düngt sie schnell –
und dann – fressen wir sie wieder –
Karussell, Karussell!

Ich sitz' vor meinem Häuschen

Original-Vortrag

(In der Maske eines älteren Mannes, in einem Schlafrock oder Hausrock auf einem Stuhl oder auf einer Bank sitzend, vorzutragen.)

Das Alter macht bescheiden –
ich zog aufs Land hinaus,
will allen Trubel meiden,
sitz' still vor meinem Haus.
Dort hab' ich meine Welt für mich. –
Das Größte zeigt im Kleinsten sich.
Man muß nur darauf achten:
e i n welkes Blümelein
erzählt, wenn wir's betrachten,
von Liebeslust und -pein.
So kann uns auch im Kleinen
die Welt sehr groß erscheinen.

Ich schau' vor meinem Häuschen
'ner Eintagsfliege zu –
wird in der Früh' geboren,
entwickelt sich im Nu –
steht mittags schon als Gattin da –
nachmittags ist sie schon Mama,
am Abend schließt ihr Streben –
vorbei sind Glück und Plag –
vorüber fliegt ein Leben
an einem einz'gen Tag.
So kann uns auch im Kleinen
die Welt sehr groß erscheinen.

Ich sitz' vor meinem Häuschen –
's ist Sommer, lind und warm.
Da summt, in schönster Ordnung,
vorbei ein Bienenschwarm.

Der Staatserhaltung dient der Flug.
Der Königin beim Hochzeitszug
sind alle dienstbeflissen.
Die D r o h n e n , faul zur Tat,
werd'n einfach rausgeschmissen –
das ist ein Musterstaat.
So kann uns auch im Kleinen
die Welt sehr groß erscheinen.

Ich sitz' vor meinem Häuschen –
'ne Schnecke kriecht einher –
die muß ihr Häuschen tragen,
das fällt ihr gar so schwer.
Gern a u s dem Häuschen wär' das Tier,
drum ist es aus dem H ä u s c h e n schier.
Ja, Hausbesitz bringt Sorgen,
baut man zu hoch hinaus,
doch lebt man wohlgeborgen
im kleinen, eig'nen Haus.
So kann uns auch im Kleinen
die Welt sehr groß erscheinen.

Ich sitz' vor meinem Häuschen,
schau' das Geflügel an.
Ein Hahn hat zwanzig Hühner –
die rupft er dann und wann.
Nie findet umgekehrt es statt,
daß e i n Huhn z w a n z i g H ä h n e hat.
Das wär' bedeutend kühner,
ein sittenloser Plan.
Jedoch auf zwanzig Hühner
kommt meist e i n kräft'ger Hahn.
So kann uns auch im Kleinen
die Welt sehr groß erscheinen.

Ich sitz' vor meinem Häuschen,
den Blick zur Erd' gewandt.
Ameisen, wie Soldaten,
marschier'n auf ihrem Land.
Da naht, kolonnenweis vereint,
ein and'rer Trupp – das ist der F e i n d .
D e r will d i e weiter hetzen –
doch kann e r mit dem Heer
nicht i h r G e b i e t b e s e t z e n .
Die hab'n a u c h – Militär.
So kann uns auch im Kleinen
die Welt sehr groß erscheinen.

Ich sitz' vor meinem Häuschen,
es steht 'ne Eiche dort,
vom Sturm zerzaust, entblättert.
(zeigt eine Eichel)
'ne Eichel liegt am Ort.
Aus diesem Kern, man glaubt es kaum,
entwickelt sich ein Eichenbaum.
S o ging's dem Deutschen Reiche –
der gute Kern brach auf,
die junge deutsche Eiche
trotzt Sturm und Schicksalslauf,
d a ß w i r , d i e e i n s t s o K l e i n e n ,
d e r W e l t s e h r g r o ß e r s c h e i n e n .

(Bei den Worten „sehr groß" reckt sich der Vortragende
langsam hoch und geht ab.)

*

In dem Moment

Original-Vortrag

Nur e i n Moment –
man glaubt, da könnt' man nichts erleben,
denn ein Moment ist gleich zu End.
Und doch – sehr v i e l kann sich begeben,
zum Beispiel j e t z t – in dem Moment.
In d e m Moment – wo ich das kleine Lied hier singe,
geschehen hunderttausend Dinge,
die niemand ahnt – und niemand kennt
in dem Moment.

In d e m Moment –
da sagt im ersten Stock Frau Meier:
„Es ist ein Junge, Gott sei Dank!"
Im zweiten Stock ist Hochzeitsfeier –
im dritten Stock ist jemand krank.
In d e m Moment – sind hundert auf die Welt gekommen,
sind hundert von der Welt genommen,
und hundert machen's Testament
in d e m Moment.

In d e m Moment –
da stiehlt ein Dieb – ein widerlicher,
vielleicht im Hause, wo ich woh'n –
In d e m Moment ist er noch sicher –
jetzt kommt der Wächter – hat ihn schon.
In d e m Moment – da steht vom Frieden in den Blättern.
Jetzt setzt ein Setzer grad' die Lettern,
daß irgendwo ein Krieg entbrennt,
in d e m Moment.

In d e m Moment –
da sitzt vielleicht im fünften Stocke
ein Dichterling, den niemand nennt.
Er wühlt in seiner Schillerlocke
und schreibt ein Werk, das niemand kennt.
In d e m Moment – ruft mit pathetischer Gebärde
der Dichter: „M i r gehört die Erde!"
Und hat dabei nicht einen Cent
in d e m Moment.

In d e m Moment –
da wird vielleicht ein Kind geboren,
das einst das größte Geisteslicht.
Zu welchem Ruhm es auserkoren,
die Eltern heut', sie ahnen's nicht.
In d e m Moment – da schaut vielleicht erstaunt und munter
ein Marsbewohner auf uns runter
mit einem Rieseninstrument –
in d e m Moment.

In d e m Moment –
kann grad' ein Bergwerk explodieren, –
speit Lavafluten ein Vulkan, –
kann man zu neuem Weltbrand schüren, –
versinkt ein Schiff im Ozean.
In d e m Moment – hört man vielleicht 'nen Herrscher toben:
„I c h bin der Herr!" – N o c h ist er oben.
Jetzt ist ein and'rer schon Regent,
in d e m Moment.

In d e m Moment –
da kommt grad' ein Prozeß zur Reife,
denn uns're Erde, die sich dreht,
berührt vielleicht mit seinem Schweife

jetzt grade irgendein Komet.
In d e m Moment – da ist vielleicht erfunden worden
ein neues Gas zum Völkermorden;
schon stiehlt ein and'rer das Patent,
in d e m Moment.

In d e m Moment –
da sitzt vielleicht der Rentner Lehmann
beim Dauerskat – die Zeit verrinnt.
Die Freunde sagen ihm: „Nun geh' man",
er aber bleibt noch – und gewinnt.
In d e m Moment – da steht sein Weib, das holde Wesen,
und denkt: Wenn ich dich haben könnt'
in d e m Moment.

In d e m Moment –
da träumt vielleicht voll sel'ger Freuden
von seinem Schatz ein Mägdelein.
Es ruft im Traum: „Von dir zu scheiden,
fällt mir nicht mal im Traume ein."
In d e m Moment – da träumt auch er von seinem
Schätzchen,
gibt ihr im Traum so manches Schmätzchen –
ein Glück, sie träumen sehr getrennt
in d e m Moment.

In d e m Moment –
will sich 'ne Maid zur Ruhe legen. –
Das Zimmer hat kein Vis-à-vis
und liegt zwei Treppen hoch, – deswegen
schließt sie auch die Gardine nie.
In d e m Moment – guckt von 'nem Hügel gegenüber
ein Jüngling mit dem Fernglas rüber
und denkt: „Ach, könnt' ich – wie ich könnt",
in d e m Moment.

In d e m Moment –
da hält vielleicht in Lieb umschlungen
ein junger Bursch sein Mägdelein.
In d e m Moment ist nichts gelungen . . .
In d e m Moment sagt sie noch: „Nein."
In d e m Moment – da ist vielleicht die Not am höchsten,
jetzt noch ein Kuß – und jetzt – beim nächsten
ist i h r e Willenskraft zu End' –
in d e m Moment.

In d e m Moment –
da sitzt hier – ich sag's ungelogen –
vielleicht ein Eh'mann, brav und schlicht.
Der wird vielleicht jetzt grad' betrogen,
und er lacht hier – und ahnt es nicht.
In d e m Moment – drängt grad' ein and'rer sich
dazwischen –
der Mann hier könnt' ihn noch erwischen,
wenn er jetzt gleich nach Hause rennt,
in d e m Moment.

★

In der Einsamkeit

Vortragslied

(Das Lied kann, in der Maske eines älteren Mannes, sitzend zum Vortrag gebracht werden.)

Ach, wir leben heut'
meist für and're Leut',
kehren nie allein
bei uns selber ein.
Jedem rat' ich drum:
vor dem Lärm kehr' um!
Sei von Zeit zu Zeit
in der Einsamkeit.

Bist mal dort, mal hier,
bist stets a u ß e r dir.
A n d r e sicherlich
kennst du mehr als d i c h .
Komm' doch mal zu d i r !
Klopf' an d e i n e Tür.
Sei für d i c h bereit
in der Einsamkeit.

Dort erkennst du dich,
prüfst dein eig'nes Ich,
spürst, was in dir ist,
staunst, wie nett du bist.
's Herz entdeckst du hier,
kriegst Respekt vor dir,
bist von dir erfreut
in der Einsamkeit.

Schlürf' den besten Wein
nur mit dir allein.
Stoß' im Keller dann
mit dir selber an.
Trink' beim Rebensaft
mit d i r Brüderschaft.
D i r sei's Glas geweiht
in der Einsamkeit.

Mach's auf Erden nie
wie das Herdenvieh.
Schafe blöken bloß
in Gesellschaft los.
Ochsen brüll'n im Stall – –
doch die Nachtigall
schluchzt ihr Liebesleid
in der Einsamkeit.

Steig' den Berg hinan –
schau hinunter dann –
ach, wie liegt so weit
all dein Erdenleid,
wenn die Sonne glüht,
wenn die Erde blüht
oder wenn es schneit
in der Einsamkeit.

Trag' dein tiefstes Leid
in der Einsamkeit.
Hast du Liebesfreud',
meide and're Leut'!
Mußt dann einsam sein –
doch nicht ganz allein –
nein, mit i h r z u z w e i t,
in der Einsamkeit.

In der Eh' zu zwei'n,
müßt ihr e i n s stets sein.
Aber gibt's mal Streit
in Gemeinsamkeit,
dann, fällt's schwer auch dir,
halt' dich fern von ihr;
bis sie nach dir schreit
in der Einsamkeit.

Hast du Großes vor,
flieh' den lauten Chor.
Schau', auch die Natur
schafft im stillen nur.
Das, was klein und leicht,
wird vereint erreicht.
Großes nur gedeiht
in der Einsamkeit.

*) Schau' den Deutschen an:
niemand hilft dem Mann.
Wie aus eig'ner Kraft
er jetzt ringt und schafft.
Wie, zwar langsam, er,
aber immer mehr,
sich vom Joch befreit
in der Einsamkeit.

★

---

*) Diese Strophe wurde der Vollständigkeit halber mit abgedruckt.

Ein kleines Stück Papier

Original-Couplet

Der Mensch soll nie verlachen,
was winzig ist und klein.
Es können kleine Sachen
auch von Bedeutung sein.
Scheint dir auch manches nichtig –
es ist von Nutzen dir.
Oft ist zum Beispiel wichtig
ein kleines Stück Papier.

Ein ganzes kleines Stückchen
kann von Bedeutung sein.
Zum Beispiel 'm Komponisten
fällt plötzlich etwas ein.
Er greift in seine Kleider,
damit er sich's notier' –
da fehlt dem Manne leider
ein kleines Stück Papier.

Wir geben statt des Geldes
'nen Wechsel oft dafür.
Dann kann uns ruinieren
so'n kleines Stück Papier. –
Doch spiel'n wir 'n Lotterielos
und zieh'n 'nen Treffer wir,
macht uns zu reichen Leuten
ein kleines Stück Papier.

Ich habe 'nen Bekannten –
Briefmarken sammelt der.
„Mir fehlt noch e i n e Marke,
'ne selt'ne", sagte er.
Wenn i c h die Marke hätte –
und sie dem Freund spendier',
macht selig ihn – ich wette –
ein kleines Stück Papier.

Es bringt sein Bild ein Maler
zur Kunstausstellung an.
Da sieht er eines Tages,
es hängt ein Zettel dran:
„Verkauft!" – Das Wort sagt alles,
das macht ihm viel Pläsier.
Ihn rettet vor dem Dalles
ein kleines Stück Papier.

Es sitzen in der Kneipe
zwei lebensfrohe Leut'.
Aus einem nicht'gen Grunde
entsteht ein großer Streit.
Sie wechseln ihre Karten –
nun geht es zum Turnier.
So führt oft zum Verhängnis
ein kleines Stück Papier.

Papier ist oft gefährlich.
's wird manchmal viel erreicht,
wenn in gewissen Fällen
die Handschrift man vergleicht.
So mancher Missetäter
sitzt im Arrestquartier.
Ihm wurde zum Verräter
ein kleines Stück Papier.

Wer einen Wandkalender
in seiner Wohnung hat,
der reißt an jedem Morgen
herunter dort ein Blatt.
Wie schnell die Stunden schwinden
auf dieser Erde hier,
kann täglich ihm verkünden
ein kleines Stück Papier.

Herr Krause spricht des Abends
'ne hübsche Dame an.
Sie schreibt ihm auf ein Kärtchen,
wo er sie treffen kann.
Dann geht er froh nach Hause –
da find't im Überzieh'r
am nächsten Tag Frau Krause
ein kleines Stück Papier.

Wer früher an die Braut schrieb,
schrieb sechzehn Seiten voll.
Heut' nimmt man Ansichtskarten,
wenn man ihr schreiben soll.
Je größer dann die Ansicht,
je wen'ger schreibt man ihr.
Man nimmt zu Liebesbriefen
ein kleines Stück Papier.

Es hat ein junger Dichter,
froh in ein Blatt geguckt,
denn s e i n „Gedankensplitter",
der war dort abgedruckt.
Er schaut auf die z w e i Zeilen
und denkt: Die sind von m i r !
Ihm macht die größte Freude
so'n kleines Stück Papier.

Es kommt ein junges Pärchen
vom Bahnhof ins Hotel.
Sie speisen rasch zu Abend
und geh'n ins Zimmer schnell.
Im Zimmer da entdeckt er
ein Löchlein in der Tür.
Und in dies Löchlein steckt er
ein kleines Stück Papier.

Die Mutter hat Gesellschaft
und zeigt, wie neu und fein
die Möbel sind im Zimmer.
Da sagt ihr Töchterlein:
„Vorgestern war hier 'n Onkel,
der hieß Gerichtsvollzieh'r,
nun klebt an allen Sachen
ein kleines Stück Papier."

Notizpapier, das trage
stets in der Tasche ich.
(Nimmt einen kleinen Notizblock heraus,
reißt ein Blättchen ab und wirft es ins
Publikum)
Oh, schriebe doch ein Mädchen
darauf: „Ich liebe dich!"
Dann wär' ich hingerissen,
wär' überglücklich schier.
Tagtäglich würd ich küssen
ein kleines Stück Papier.

Drum soll man nie verachten
was winzig ist und klein.
Find'st du ein Stück Papierchen,
dann nimm's und steck' es ein.

In mancher Lebenslage,
da ist's von Nutzen dir.
Man braucht fast alle Tage
ein kleines Stück Papier.

Nun ist mein Lied zu Ende –
doch kann es möglich sein,
es sitzt da unten jemand,
dem fällt noch etwas ein.
Damit auch ich's entdecke,
da schreib'n Sie 's bitte mir –
und nehm'n Sie zu dem Zwecke
ein kleines Stück Papier.

★

Was ich nicht weiß, macht mich nicht heiß!

Original-Vortrag

An Neugier hab' ich nie gelitten,
drum in der Schule, Jahr für Jahr,
saß ich als Letzter, unumstritten,
weil ich nie wißbegierig war.
Die andern plagten sich indessen –
ich dacht' nicht nach – kam nicht in Schweiß –
was man nicht lernt, wird nicht vergessen,
was ich nicht weiß, macht mich nicht heiß.

Mir macht kein Kreuzworträtsel Kummer –
wozu die Lösung voller Qual?
Die steht ja in der nächsten Nummer –
und steht sie nicht, ist's auch egal.
Wenn ich 'nen guten Wein bestelle,
frag' ich nicht vorher nach dem Preis.
Erst trink ich ihn – auf alle Fälle,
was ich nicht weiß, macht mich nicht heiß.

Wenn Leute heimlich vor mir reden,
da horch' ich nie – was geht's mich an?
Die tadeln hinterm Rücken jeden –
auch m e i n e Fehler nenn'n sie dann.
Da zieh ich's vor, mich zu entfernen –
i h r kennt die Fehler – schön, so sei's! –
Ich will sie gar nicht kennenlernen –
was ich nicht weiß, macht mich nicht heiß.

Ein Posten Briefe kam soeben,
bin nicht gespannt, ich laß' sie zu.
Dann brauch ich keine Antwort geben
und auch die Post hat ihre Ruh'.
Sind wohl auch Rechnung'n beigewesen –
bleib'n ungeöffnet – haufenweis', –
ich bin kein Freund vom vielen Lesen,
was ich nicht weiß, macht mich nicht heiß.

Muß ich was Zweifelshaftes kauen,
verspür' ich keinen Wissensdurst.
Ich hab' selbst zu 'ner Wurst Vertrauen –
doch, was da drin ist, ist mir – Wurst.
Mich macht kein Ragout fin beklommen–
und beim Genuß des Hühnerei's,
da frag' ich nicht, woher's gekommen –
was ich nicht weiß, macht mich nicht heiß.

Mein Freund ist Arzt, der liebe, gute –
wir spiel'n oft Schach bei mir zu Haus' –
bloß, wenn mir nicht ganz wohl zumute,
dann schreib' ich: „Dein Besuch fällt aus.
Wenn mal zu End' mein Erdentreiben,
dann untersuch' mich, ich verzeih's,
kannst auch ein Buch darüber schreiben –",
was ich nicht weiß, macht mich nicht heiß.

So schau ich mild auf alle Tücken –
drum brauch' ich, geh' ich einst zur Ruh',
nur noch e i n Auge zuzudrücken,
das a n d ' r e drück' ich h i e r schon zu.
Schlaf lächelnd ein auf meinem Sitze,
laß mich verbrennen sanft und leis',
komm' trotz der Hitze nicht in Hitze –
was ich nicht weiß, macht mich nicht heiß.

★